SOAP

Charline Quarré

SOAP

Roman

© 2022 Charline Quarré

Édition : BoD – Books on Demand,
12/14 rond-point des Champs-Élysées, 75008 Paris
Impression : BoD - Books on Demand, Norderstedt, Allemagne

Illustration : photoshop-4782343

ISBN : 978-2-3224-1120-7
Dépôt légal : Janvier 2022

À toute personne avec qui j'aurais travaillé un jour

CHAPITRE 1

« Bonjour, moi c'est Jean-François, mais tu peux m'appeler Jeff. »

Qu'est-ce que c'est que ce mec ? Pourquoi il me tutoie ? J'adresse un regard interrogateur au visage rouge Gontrand Hocq qui vient d'introduire cet inconnu dans mon bureau entre deux réunions sans préambule. Il ne s'aperçoit de rien. Au contraire, mon supérieur nous pousse légèrement l'un vers l'autre, le dénommé Jeff et moi, comme un proviseur alcoolique dans une cour de récré. Jouez tous les deux maintenant. La marge de manœuvre est faible, la distance entre nous aussi. Je tends une main que Jeff serre avec vigueur.

« Enchanté Jeff. Moi c'est Joseph. Joseph Lepage. »

Malgré la douceur de cette fin septembre, Jeff porte un col roulé noir sous sa veste. Il a des boucles gominées, un grain de beauté posé sur une fossette et le sourire figé d'une publicité dentaire. Je ne saurais lui donner d'âge, Jeff doit à peu de choses près avoir le mien.

« Je dirige le département des analystes de Voyd, j'ajoute.
- Ravi de vous rencontrer, fait-il en hochant la tête.
- Jeff est coach en bien-être en entreprise, m'annonce mon supérieur. Il va rester parmi

nous quelques temps et travailler avec les différentes équipes.
- Ah ? »

C'est la seule réponse qui me vienne. Devant mon air perplexe, c'est Jeff qui reprend :

« Je fais actuellement la tournée des filiales du Groupe Bellanger, dont Voyd fait partie. Mon objectif est de renforcer la cohésion des équipes et de créer une véritable connexion entre les salariés.
- Une connexion ?
- Oui. Il s'agit de fluidifier les relations, gommer les tensions, mieux gérer les conflits et favoriser le dialogue avant tout. Pour cela, je dirige des séances de groupe avec des exercices simples. »

Je ne sais toujours pas quoi dire. Hocq tousse dans sa main, y enfouissant son énorme nez couperosé.

« On continue notre tour Jeff ?
- Allons-y. A bientôt », me lance-t-il avant de quitter mon bureau.

Ils disparaissent vers l'open space. De l'autre côté du couloir, le bureau de Daniel est vide, son fauteuil vacant attend son retour tardif de la cantine. Il ne doit pas être au courant non plus, il m'en aurait parlé. Daniel est curieux et expansif. Il aime bien parler de tout, même lorsque ce n'est pas nécessaire.

Je téléphone à Coraline. Elle travaille pour le Groupe Bellanger, mais dans une autre filiale nommée Cynq dans d'autres locaux, près du Pont de Neuilly. Sans doute a-t-elle déjà rencontré le mec au col roulé. Une voix aiguë décroche à sa place. C'est Jessica, son assistante.

« Bonjour Joseph. Coraline est en réunion.
- Encore ?
- Oui. Et vous ? Vous n'avez pas de réunion à cette heure-ci ?
- Si, si, bientôt.
- Je peux vous aider ?
- Pas vraiment, c'était anecdotique.
- Ah ... »

Jessica est tellement timide et gênée en toutes circonstances que je peux la voir rougir derrière ses grosses lunettes rondes.

« Quoi que, enfin oui, dites moi, il y a un genre de coach qui s'est pointé chez Voyd tout à l'heure, il dit qu'il fait le tour des filiales pour dispenser bonheur et bien-être aux gens je ne sais pas quoi comme conneries encore ...
- Jeff, me coupe-t-elle.
- Oui c'est ça. Vous le connaissez ?
- Bien sûr ! Il a travaillé sur notre équipe il y a quelques semaines. Ce n'est pas du tout des conneries. Il a eu un réel impact sur l'ambiance de travail. C'était une expérience très positive et enrichissante pour tous. »

Rien que ça.

« Super alors.
- Autre chose ?
- Non ça ira. Merci Jessica. »

*

Je prends l'ascenseur avec Daniel. Nous marchons aux pieds des tours vers le pub irlandais qui ne ressemble en rien à un pub irlandais avec ses grandes vitres glaciales.

J'envie l'entrain sans faille de mon collègue. C'est un garçon sympathique et volontaire aux yeux brillants. Daniel Leverrin a vingt-huit ans et semble détenir à lui seul toute l'énergie du monde. Je n'ai que trois ans de plus, pourtant, et j'ai l'impression de me traîner chaque jour.

Mais pas Daniel. Il est enthousiaste pour tout, partant pour tout. L'idée du coach lui paraît superflue et ridicule, mais il est prêt à faire suivre le programme à l'équipe qu'il dirige.

« Ça peut de toute façon pas faire de mal, dit-il.
- Il manquerait plus que ça. »

Il siffle le fond de son Affligem et prend des nouvelles de ma vie de sportif en salle. Plusieurs fois par semaine, je pratique le sport en intérieur sous les gratte-ciels. Pour évacuer le stress et me défouler je suis inscrit dans différentes salles. Salle de musculation, salle de foot, salle de squash, salle de tennis et nage en milieu fermé aussi. Tel un hamster à la Défense.

« Ton équipe de foot est complète ?
- Oui, il y a trois ou quatre gars irréguliers mais on arrive presque toujours à les remplacer.
- Et vous sortez en bande retrouver les calories perdues en sortant ?
- On prend un verre et un burger quelques fois devant le club. Mais dans la plupart des cas

tout le monde file chez soi à la sortie des vestiaires.
- Et pour le squash ?
- Je cherche toujours, mais j'ai pas encore trouvé d'adversaire à ta hauteur. Quand est-ce que tu comptes reprendre la bataille ?
- Je sais pas, soupire Daniel. Hocq m'a mis sous l'eau depuis la rentrée. Courant octobre, je pense que je pourrais revenir te mettre une raclée. Mais pas avant. En ce moment je dois aider mes parents dans leur déménagement. »

J'ai envie d'ajouter qu'on a vraiment des vies passionnantes mais je garde cette réflexion pour moi.

Réflexion qui me démange encore lorsque nous réintégrons nos citadines identiques garées côte à côte dans le parking souterrain.

*

L'appartement sent la peinture et les meubles neufs du salon dorment sous leurs bâches. Standing. Le mot résonne dans ma tête alors que je m'approche de la vue plongeante sur Puteaux plongée dans le soir. Standing. L'agent immobilier qui a accompagné mon premier achat suite à ma dernière promotion n'avait que ce mot à la bouche. Appartement standing dans une résidence standing avec parking standing, cave standing, concierge standing. Il l'a mis à toutes les sauces, l'a attribué à chaque mot, jusqu'à ce que je signe la promesse d'achat. Au huitième étage avec ascenseur, les charges aussi sont standing.

Il y a déjà trois cartons de Coraline, bâchés eux aussi, empilés contre le bar de la cuisine américaine. Le reste de ses affaires est encore dans l'appartement qu'elle partage avec ses deux colocataires.

Elle décroche au bout de trois sonneries.

« Les ouvriers ont fixé les étagères que tu voulais dans l'entrée, et les placards de la chambre sont enfin terminés. Il manque encore quelques finitions dans le salon. Après ça tu pourras emménager.
- Très bonne nouvelle, dit-elle de sa voix nasillarde au timbre volontaire.
- Je pense que d'ici deux semaines, maximum, tout sera prêt.
- C'est parfait. Ah et juste une chose.
- Oui ?
- On est bien d'accord que ce sera un appart non fumeur, n'est-ce pas ?
- Oui oui, bien sûr », dis-je en écrasant ma cigarette.

CHAPITRE 2

Après nous avoir tous fait mettre en chaussettes en salle de réunion et nous avoir fait former un grand cercle, Jeff nous distribue des porte-clés.

« C'est ça un programme de coaching ? chuchote Daniel
- Je sais pas, j'en sais rien. J'ai déjà bien l'air d'un con devant mon équipe. »

La quinzaine de salariés que je dirige au quotidien avisent discrètement mes chaussettes pour savoir s'ils tiennent là une brèche qui me suivra longtemps. Ces dernières sont rigoureusement identiques, et en fil d'écosse. Aucune matière aux ricanements ultérieurs en open space, Dieu merci.

Le porte-clé est une pierre circulaire et polie à l'aspect de jade reliée à un court ruban de soie sombre. On pourrait le porter en bracelet. Deux personnes de l'équipe de Daniel sont d'ailleurs en train d'orner leurs poignets du goodie offert par le mec en col coulé qui lui, au passage, a gardé ses Weston aux pieds.

Puis notre distributeur de joie se place au centre du cercle demandé.

« Pour ceux à qui je n'ai pas encore été présenté, mon nom est Jeff. Je suis coach bien-être en entreprise. »

Quelques *ah*, ravis, ou soulagés, s'échappent de la trentaine de personnes en cercle.

« J'ai parcouru le monde durant quinze ans afin d'y étudier les techniques de management, qu'elles soient traditionnelles ou expérimentales, en occident, au Japon et plus globalement en Asie où j'ai passé de nombreuses années à assimiler différentes méthodes de méditation. J'ai rencontré des centaines de personnes de tous horizons et de toutes professions avec qui je me suis entretenu, et que j'ai parfois suivi dans leur quotidien. Au fil des années j'ai compilé mes expériences et, comme un parfumeur avec les essences, j'ai élaboré une méthode unique au monde afin de mieux connecter les gens entre eux, et en eux-mêmes. »

Rien que ça.

« Voilà maintenant quelques années que je viens apporter mon expertise dans différentes entreprises, qu'il s'agisse de start-up, de petites et moyennes entreprises ou encore de grands groupes tels que le votre. Maintenant, si vous voulez bien, nous allons commencer par un exercice simple. »

L'enthousiasme est sur tous les visages à part le mien et celui de Daniel. Je ne peux blâmer personne. Mieux vaut se trouver ici en chaussettes avec un clown qu'assis à une réunion qui a neuf chances sur dix d'être inutile.

« Vous allez former une chaîne pour faire circuler l'énergie. Pour cela, prenez-vous tous la main. »

Je prends la main de Daniel à ma droite et celle de ma voisine à ma gauche.

« Très bien. Maintenant, fermez les yeux et respirez par le ventre. Voilà. Encore quelques secondes, détendez-vous. A présent, je vais prononcer une suite de syllabes que vous répéterez tous après moi. C'est parti : *gma*.
- *Gmaaaaaaaaaa*, résonne la salle en choeur.
- Bien ! *Chffffrr*.
- *Chffhhfrrr.*
- Et maintenant : *Oumgh*
- *Oumghmm.* »

Débile. J'ouvre un oeil discret. Jeff est juste en face de moi. Il s'est placé à quelques centimètres de mon visage, comme s'il savait que j'allais ouvrir les yeux.

« *Miiiiii* », fait-il en me couvant d'un regard bienveillant

Je referme aussitôt les yeux pour ne plus le voir et je dis *Miiii* comme demandé.

« C'est bien. Gardez les yeux fermés. Visualisez un paysage parfait. Cela peut être un paysage que vous connaissez. Ou ce peut être un lieu imaginaire. Il faut que ce soit le cadre de vos rêves, le plus bel endroit possible selon vous. Vous y êtes. Vous êtes seuls. Inspirez ... Expirez ... Vous vous sentez calmes, sereins. Vous n'avez plus aucune inquiétude. Vos muscles se relâchent. Peu à peu, des silhouettes de matérialisent devant vous. Vous ne distinguez pas encore leurs traits, mais vous ressentez leur présence. Une présence bienveillante. Inspirez ... Expirez ... les visages des silhouettes se font plus nets. Ces personnes avec vous dans ce décor de rêve sont vos collègues. Il n'y a pas de hiérarchie, pas de bureau ni d'ordinateurs. Il n'y a que vous-même en compagnie d'autres êtres humains. Et vous vous tenez la main. Inspirez ... Expirer ... Vous pouvez ouvrir les yeux. »

Jeff semble satisfait.

« Passons aux exercices en duo. »

Je me tourne vers Daniel. Le pauvre a l'air aussi dépité que moi et la salle de réunion commence à sentir la transpiration.

« Regardez votre partenaire dans les yeux. Bien. Vous allez entrer en conversation avec votre binôme en langage corporel. Imaginez une conversation avec lui. Vous lui parlerez et vous lui répondrez sans prononcer le moindre mot, mais à l'aide de votre corps. C'est parti. »

Daniel hausse les épaules. Je lui chuchote tout bas que ce cirque est ridicule mais Jeff dit bien fort qu'on ne doit pas parler. Daniel fait une grimace. Je réponds par un doigt d'honneur au dos tourné de Jeff. Puis Daniel exécute un petite danse ridicule suite à laquelle nous luttons contre un fou rire. Du coin de l'oeil, on observe les duos s'adonner au grotesque. Un type de l'équipe de Daniel exécute une roulade sur la moquette et un nouvel accès de rire nerveux reprend les deux mauvais élèves que nous sommes. Enfin Jeff tape dans ses mains.

« Bravo, et merci à tous. C'est tout pour aujourd'hui. C'était une très bonne première séance. Vous pouvez tous vous féliciter et vous applaudir. »

Le monde merveilleux de l'entreprise.
« Quelle perte de temps, mon vieux, me glisse Daniel en sortant.
- Ne m'en parle pas. »

CHAPITRE 3

Très content de lui, Jeff poursuit son atelier bien-être depuis maintenant dix jours ouvrés. Jeff est plein de suspense, il n'a pas de délai pré-établi lorsqu'il travaille sur un groupe. Il ne quitte une équipe que lorsqu'il *sent* son travail accompli. C'est aléatoire. Je me demande comment il dresse ses factures et ce qu'il inscrit dans les colonnes. Synergie entre collègues, trois heures : trois cent dix huit euros quatre vingt douze hors taxes fois trente. Apaisement des tensions par le mime, vingt-deux euros trente huit les cinq minutes avec remise de vingt pourcent sur un candidat réfractaire. Huit euros vingt et un pour chaque inspiration et expiration suggérées à des gens qui n'auraient pas su respirer de manière spontanée.

L'escroquerie se porte pour le mieux.

Jour après jour Jeff nous fait enchaîner les exercices ridicules, à base de borborygmes, de syllabes qui n'existent pas, de communication avec des amis imaginaires et de postures de relaxation qui semblent faire effet sur tout le monde sauf sur moi.

Les autres débordent d'un enthousiasme que je trouve disproportionné. Tout le monde attend la séance quotidienne de fumisterie avec impatience. Chacun sort de la séance béat et apaisé. Même Daniel qui prend le procédé pour ce qu'il est a l'air de prendre goût aux exercices du saltimbanque payé par la boite.

Coraline n'en démord pas. Elle trouve que c'est un excellent programme. Que Jeff a permis une meilleure cohésion dans leur filiale, qu'il a fait de son bureau un temple de la joie de vivre. Que c'est un bonheur de pointer chaque matin. Que chaque contact de badge contre le portique de l'entrée est un amoncellement de joie dans le coeur de chacun. Que chaque réunion est un moment de partage convivial et que la chaleur humaine est telle qu'ils ont dû baisser les radiateurs.

J'exagère, mais si peu. A vrai dire j'ai le sentiment d'être le seul abruti à enchainer les promotions pour m'ennuyer un peu plus à chaque étape franchie. Mon statut a beau évoluer vers le haut, mon salaire aussi, mon humeur reste tout juste faussement joviale et Jeff ne peut rien pour mon cas.

« Allez, on se recroqueville encore un tout petit peu et on se développe comme un papillon qui bat des ailes » encourage Jeff.

En position foetale, la joue collée à la moquette, je déploie mes ailes et je m'envole dans le couloir. Gontrand Hocq est dans son bureau. Je frappe la porte en verre. Mon patron lève sa tête rouge et me dit d'entrer.

« Tout va bien Lepage ?
- Oui. Vous avez une seconde ?
- Dites-moi.
- C'est à propos de ce programme de bien-être. Je pense que c'est une perte de temps.

- Comment ça ?
- Je ne suis pas certain que l'on puisse mesurer l'effet d'un tel programme et son impact sur notre efficacité au travail. D'autant plus que tout cela empiète sur le temps dudit travail et par conséquent réduit notre productivité. »

Hocq ôte ses lunettes et les pose sur ses dossiers.

« Entendons nous bien, Lepage. Ce programme temporaire a été décidé à Fontainebleau par le siège. Ce n'est pas mon initiative personnelle. Alors il durera le temps qu'il durera. En attendant, et quoi que vous en pensiez en tant que manager, je vous demanderai de le laisser suivre son cours sans le perturber ni vous y opposer d'une quelconque façon. Je peux compter sur vous ?
- Bien, Monsieur Hocq.
- Vous n'avez pas répondu à ma question. Je peux compter sur vous ?
- Oui.
- Allez, ça ne devrait pas excéder quelques jours de plus. Tenez bon. »

CHAPITRE 4

La musique est trop forte. Les discussions sont hurlées par-dessus les assiettes le long de notre table de douze. Je termine ma purée branchée dans ce restaurant branché de Puteaux tandis que Coraline, son assistante coincée Jessica et leur bande de collègues de chez Cynq postillonnent allègrement leurs conversations sur leur système de retraite. Je suis le seul « plus un » de la soirée, à mastiquer officiellement en tant que « mec de Coraline ». Un samedi soir mortifère en sordide compagnie.

J'aurais dû prétexter un mal de tête et m'enfermer chez moi à lire des mangas dans les odeurs de peinture. Une passion dite de puceau à laquelle je ne m'adonne que lorsque je suis certain que personne ne va juger mes lectures récréatives.

« Et toi Joseph, s'époumone le mec assis en face de moi. Qu'est-ce que t'en penses ?
- De quoi ?
- Bah ! De ta retraite ?
- J'en ai rien à foutre.
- PARDON !? »

Il fait une drôle de tête. Je crois qu'il a compris ce que je viens de dire et qu'il refuse d'y croire. Il met ça sur le compte de la musique. Ça lui laisse une marge d'espoir.

« J'ai pas entendu ?!!

- J'ai trente-et-un an ! je dis. TRENTE ET UN AN. Je ne me suis jamais intéressé à la question.
- Mais c'est pourtant fondamental ! s'indigne la fille assise à gauche de mon interlocuteur.
- Pas pour moi. »

Je les ai choqués, je crois. Coraline me fixe comme si j'avais perdu la raison sous son épaisse frange brune, son nez en trompette se fronce de contrariété. Je lui glisse à l'oreille que je sors fumer.

« Encore !?
- C'est la première de la soirée.
- T'abuses quand même. »

Je marche vers la sortie en espérant que personne ne me suive. Fort heureusement, personne ne fume. Tout le monde a une vie saine et parle de ses points. La base d'un avenir radieux.

La rue est calme. Les Ubers passent au ralenti près des accès piétonnisés. J'aspire la fumée à plein poumons. J'aurais dû dire non. Passer un samedi soir avec les collègues de Coraline qui sont aussi mes collègues indirects n'était pas une bonne idée. Autant se détendre sur un tapis de clous.

La vie de bureau est un mal supportable du lundi au vendredi. Les deux jours qu'il reste, je préfère ne pas en entendre parler. Ça n'existe plus. Depuis l'annonce de ma promotion il y a quelques mois, je pensais qu'il y aurait un changement. Je pensais ressentir l'enthousiasme dont je manquais et que je devais feindre. Mais rien n'est venu. Même Jeff notre amuseur d'étage n'a rien pu faire. Il a terminé sa mission il y a deux semaines et a débarrassé le plancher vers une autre filiale où dispenser son bonheur en kit. Il nous a cependant laissé quelques instructions, à base d'exercices collectifs à faire sans lui afin de *parachever le processus* et *entretenir les bienfaits obtenus*. Je laisse mes collègues s'exercer sans moi. Je ne souhaite pas entretenir la mauvaise humeur et le sentiment d'oppression obtenus après le passage chronophage de cet imbécile heureux.

J'écrase le mégot dans le pot en métal prévu à cet effet. Il fait froid, mais je n'ai pas encore les ressources mentales nécessaires pour subir les conversations de machine à café. Les soirées passés avec les amis *de l'extérieur* de Coraline ou avec ses colocataires ne sont pas forcément plus intéressantes. Mais si sa bande de copains copines fout le cafard, ce n'est rien en comparaison de ses collègues.

On n'a qu'à voir tes amis à toi, m'assène Coraline lorsque j'ai le malheur, ou le bon sens, de me plaindre des siens. *Pourquoi on les voit jamais alors qu'ils sont sûrement beaucoup plus intéressants que les miens ?* La réponse est trop cruelle pour être prononcée à haute voix. Parce que mes anciens camarades du lycée de Meudon et d'école de commerce sont devenus aussi déprimants que les siens, qu'au fil des années ils ont muté en individus beaucoup trop chiants. Une direction. Un chemin de vie. Un crédit et c'est parti, tout le monde est content. Une existence en vivarium. Les sujets de conversation se rétament au coin des murs d'une pièce sans porte ni fenêtre, ça m'étouffe.

Il n'y a que deux amis que j'aurais bien présenté à Coraline et avec qui j'aurais volontiers passé mon temps libre. Mais Anthony est parti vivre à Shanghai il y a cinq ans et d'après ses mails de plus en plus rares, il ne compte jamais revenir. Quant à Maurice, mon meilleur ami depuis la Terminale, l'insolent, l'intrépide, le plus drôle et le meilleur de tous, lui ne reviendra jamais, et n'a plus aucune chance d'être de passage. Un accident de moto sur l'autoroute des vacances. Un vide vertigineux après lui. Donc non, on ne voit jamais mes amis.

Je suis revenu m'assoir et ne prends plus la peine de faire semblant. Je n'aurais pas dû penser à Maurice. Je préférerais parler seul devant sa tombe qu'être attablé avec ces gens.

Ils n'ont pas besoin de mon intervention sur le sujet des retraites et de leur façon de profiter de leurs congés payés. Je les regarde s'en donner à coeur joie, équipe solidaire, le porte-clé de Jeff comme une amulette d'amitié accroché à la lanière du sac à main ou au poignet tels des mousquetaires corporate et tant mieux s'ils sont heureux.

*

Ça se sépare dans le bruit une fois dehors, après avoir laissé une pile de tickets restaurants moites sur la coupelle de l'addition. Une fois seuls sur le trottoir, Coraline marche très vite, son carré de cheveux impeccable reste en place malgré sa démarche hâtive. Je dois presque trotter pour la rejoindre.

« T'es plus pressée que moi de rentrer on dirait. »

Sans répondre, elle se tourne vers moi, les yeux furieux. Je pensais qu'elle marchait vite parce qu'elle avait froid. Le changement de son expression entre le dîner et le retour est stupéfiant.

« Tu m'as vraiment fait honte ce soir. »

J'arrête de marcher. Elle me devance de deux pas puis s'arrête à son tour.

« Qu'est-ce que tu racontes ? D'où je t'ai fais honte ?
- Ton attitude, Joseph. Ton attitude !
- Quelle attitude ? De quoi tu parles ?
- Tu es un mauvais élément. Tu n'es pas du tout coopératif.
- Parce que je n'ai pas beaucoup parlé ?
- Oh arrête ! Je sais pourquoi tu ne parles pas. Et quand tu ne parles pas c'est ton mépris qui parle pour toi. Et il parle très fort.
- Quel mépris ?
- Pour mes collègues ! Ne me prends pas pour une conne, ça se sent à dix kilomètres.
- Mais enfin …
- C'est insultant ! Mépriser mes collègues, c'est comme insulter ma famille. On est une équipe,

même si ça te fait rire. On a une vraie connexion entre nous, on n'est pas juste des gens qui travaillent ensemble. Ça compte pour moi ! Si tu n'es pas capable de comprendre ça c'est que tu ne m'aimes pas ! »

Elle se retourne et recommence à cavaler sur ses talons. Je la rejoins et la prends par le bras. J'ai très envie de fumer mais y renonce pour ne pas l'énerver.

« Je suis désolé, Coraline.
- Ouais, c'est ça.
- Je te promets que je ferai plus d'efforts la prochaine fois. »

CHAPITRE 5

Les cinq réunions d'aujourd'hui ayant eu pour objet la réunion de demain, cela n'a laissé le temps à personne de préparer la présentation de la réunion en question. Et c'est moi qui rattrape le temps perdu. Le jour est tombé. J'ai laissé tout le monde partir il y a une heure et je n'ai pas encore terminé de me battre avec mon powerpoint. Daniel doit avoir le même problème que moi. Il est encore devant son ordinateur.

J'envoie un texto groupé à mon équipe de foot en salle, m'excusant de ne pouvoir venir ce soir, en espérant qu'ils aient le temps de dénicher un autre joueur à temps. Le message part et je manque de faire tomber mon téléphone en relevant la tête.

A travers le couloir et les deux cloisons vitrées qui nous séparent, Daniel me regarde depuis son bureau éteint. Un instant, je me dis qu'il est assez loin pour qu'il ait juste les yeux dans le vide, qu'il ne me fixe pas vraiment ou par erreur. Je dois mal interpréter ce que je vois à cause de la pénombre flottant dans le bureau de Daniel. Pourtant je sens ma bouche devenir sèche à mesure que s'égrènent les secondes. Daniel continue à me fixer sans ciller, le teint cireux, sans sourire, sans le moindre mouvement. Daniel me regarde comme une statue. Je sursaute.

La sonnerie du téléphone de mon bureau retentit derrière moi. Je pivote mon siège pour décrocher, et mon étrange collègue disparaît pour le moment de mon champ de vision.

« Joseph Lepage, oui ?
- C'est moi, dit Coraline.
- Ah, ça va ?
- Oui super. Je viens de rentrer chez moi. T'es encore au bureau ?
- Oui et j'ai pas fini pour ce soir.
- J'espère que tu rentreras plus tôt quand j'aurais emménagé avec toi, dit-elle d'une voix douce. »

Je regarde la tour d'en face où les bureaux s'éteignent vitre par vitre.

« J'espère aussi. Tu veux que je te rappelle quand j'ai fini ?
- Non non, pas la peine j'en ai pour deux secondes. Il y a un nouveau bar à sushis qui a ouvert à la rentrée à Suresnes. Avec un vrai chef japonais ! C'est une collègue qui m'en a parlé ce midi, il parait que c'est de la folie.
- Sympa. Tu veux y aller samedi soir ?
- Oui justement. Il faut bloquer une table en avance, le restaurant est minuscule et il croulent sous les réservations. »

Un relent d'anxiété me saisit au souvenir de samedi dernier. J'ai un espoir. Restaurant minuscule dit restaurant où l'on ne va pas en grappe de collègues. Cela ne suffit pas. Cet espoir nécessite d'être validé.

« Et du coup, on y va tous les deux ? ... Si c'est petit, je veux dire, on y va sans tes amis ?
- Evidemment banane ! C'est un restaurant pour dîner en amoureux celui-là.

- Parfait.
- Super, j'appelle tout de suite pour réserver. »

J'avais oublié Daniel. Il n'est plus dans son bureau lorsque je me retourne. Je sors dans le couloir à demi éteint et traverse l'étage déserté. Aucune trace de mon collègue et l'impression désagréable d'avoir vu un fantôme assis à sa place. Sa veste n'est pas sur son porte-manteau, et sa serviette a disparu avec lui. Pourtant il était bien là il y a deux minutes. Il a dû partir très très vite. Et sans me dire au revoir. Sans doute était-il pressé et ne voulait pas interrompre mon coup de fil.

Cela ne lui ressemble pas. De manière générale, Daniel Leverrin ne se ressemble pas lui-même ces derniers jours. Quelque chose d'étrange dans son comportement. C'est très léger, presqu'infime. Comme s'il était moins présent, un peu ailleurs. Comme s'il avait prêté allégeance à une organisation occulte dont il ne pouvait rien dire aux profanes. Comme s'il s'était placé, au sens propre, derrière une vitre.

Hier midi déjà, il m'a fait un drôle de numéro lorsque je lui ai proposé d'aller déjeuner dehors. En temps normal, c'est lui qui insiste au moins une fois par semaine pour aller déjeuner chez l'italien le plus proche. Il adore les pizzas. Mais hier, il a refusé ma proposition d'italien. Pour la première fois en trois ans de collaboration, Daniel Leverrin n'a pas voulu de pizza cette semaine. Je l'ai taquiné, lui ai demandé s'il s'était soudainement mis au régime ou s'il était malade. Il n'a pas réagi. Il semblait grave et sérieux.

« Il faut que je mange à la cantine », s'est-il contenté de me répondre.

La phrase et son intonation morne était presque comique. Il *fallait* qu'il mange à la cantine. Cela avait sonné à la manière d'une excuse, comme s'il en était désolé mais qu'il ne pouvait faire autrement.

Je ne sais pas pourquoi, mais ça m'a un peu glacé le sang.

CHAPITRE 6

La pluie a cessé. J'avance avec Coraline sur le trottoir mouillé.

« Dix neuf heures c'est un peu tôt quand même.
- Je sais, dit Coraline, mais ils n'avaient que cette horaire à me proposer. Sinon il fallait y aller le samedi d'après. Ils ont un bouche-à-oreille incroyable.
- C'est pas si mal. Peut-être qu'après dîner on ira voir *Joker* au Capitole. C'est toujours plus agréable que le cinéma de la Défense.
- Pourquoi pas, mais choisis un autre film dans ce cas. Hors de question que j'aille voir celui-là.
- Pourquoi ? C'est pas un film d'horreur.
- Non ce n'est pas un film d'horreur, mais c'est pire.
- Comment tu peux savoir si tu ne l'as pas vu ?
- J'en parlais avec l'assistante de mon boss l'autre jour. Son copain a vu le film et lui a raconté. Elle était très choquée.
- C'est juste un film, Coraline. Un film.
- Oui, mais un film qui galvanise les marginaux. Je ne suis pas d'accord avec ça.
- Tu es surtout d'accord avec ta collègue qui n'a pas vu le film.
- Laisse tomber. Je ne veux pas voir ça, c'est tout. Tiens, on est arrivé, regarde. »

Elle pointe du doigt une devanture étroite peinte en noire avec un drapeau japonais au-dessus de la porte. L'établissement encore vide de clients est minuscule. Une douzaine de tables pour deux en bois laqué se disputent les quelques mètres carrés d'un impeccable carrelage gris. Le bar à sushis occupe toute la largeur du fond de la salle.

Une jeune femme souriante aux cheveux tirés en arrière vient vers nous.

« Bonsoir, bienvenue. Vous avez une réservation ? »

Un vieil homme en tablier blanc apparait derrière le bar, tenant de la vaisselle propre entre ses mains puissantes et fines. Coraline me presse la main.

« C'est lui, le chef japonais. Il parait qu'il fait des merveilles. »

Le vieil homme a entendu murmurer. Il lève la tête et adresse un sourire timide à Coraline avant de poser les yeux sur moi.

« Bonsoir Monsieur », dis-je.

Le sushiman ne me répond pas. Son sourire a brusquement disparu. L'homme souriant la seconde précédente demeure à présent impassible derrière son comptoir, sa pile d'assiette d'une blancheur étincelante toujours entre les mains. Ses sourcils se froncent sur son expression immobile. Ses yeux s'agrandissent. Sa lèvre inférieure se met à frémir en me regardant. Son visage se meut en un masque d'épouvante. Un fracas assourdissant retentit à ses pieds. Il a lâché sur le carrelage toutes les assiettes qu'il tenait dans les mains.

« Mon Dieu ! » crie Coraline.

La jeune femme qui tient le manteau de Coraline accourt, inquiète, vers le chef cuisinier. Tandis que lui me regarde encore, droit et terrifié.

« Excuse-moi Coraline. Je ne me sens pas bien. Je dois prendre l'air. »

Je sors en trombe sans qu'elle ne me suive. Je ne l'attends pas. Je respire mal, je marche au pas de course vers ma Smart garée sur la place et je démarre. Mon corps entier tremble.

Qu'est-ce qu'il s'est passé ?

Je roule vers les hauteurs de Suresnes. J'ai besoin d'air, de l'air. Il me faut de l'oxygène, du vent, du vide. Je roule jusqu'au Mont Valérien.

Qu'est-ce qu'il s'est passé ?

Le vent faible agite les branches dans l'obscurité tandis que je marche sous les arbres du parc désert. Je m'assois sur un banc. A mes pieds s'étale le quartier de la Défense devenu plus petit, moins étouffant. Mais toujours présent, érigé devant moi comme un immense doigt d'honneur.

Peu à peu je reprends mon souffle en comptant mes respirations. J'ai peut-être fait une crise d'angoisse. Peut-être, car je n'en sais rien. Je n'ai pas de carte de membre, je ne sais pas comment ça marche exactement, j'ai dû en avoir une ou deux il y a longtemps. Oui, ce doit être cela.

Un bruit sourd s'élève. Le ciel a l'air de gronder. Je ne vois pas d'orage. Pourtant je sens l'air s'emplir d'électricité. Pourtant je vois le ciel enfler, chargé et gris. Je sens quelque chose qui tourne à l'intérieur, un tourbillon lent, qui passe en chargeant l'air au-dessus de moi.

CHAPITRE 7

« Daniel, s'il te plaît. C'est vraiment pas le moment.
- Mais pourquoi ? »

Il n'y a rien à faire. Daniel reste planté devant mon bureau depuis cinq minutes.

« Tu peux camper là si tu veux. Je ne changerai pas d'avis.
- Mais pourquoi ?
- Arrête avec tes *mais pourquoi*, je ne suis pas d'humeur !
- Justement ça va t'aider ! Tu seras de meilleur humeur après les exercices.
- Ça ne va rien résoudre. Et j'ai du travail. Tu sais, le travail. A la base c'est pour ça que je me déplace au bureau.
- Mais je te jure qu'il y aura des résultats ! »

Cela fait trois jours qu'il me supplie de faire les exercices de Happy Management de Jeff. Il insiste pour que l'on travaille en duo à se regarder dans le blanc des yeux en faisant des gestes et des bruits absurdes. Et cela fait quatre jours depuis samedi que Coraline me fait une vie d'enfer à cause de l'incident de samedi dernier au restaurant. *Tu es de plus en plus bizarre. Tu n'es pas assez « en phase ». Tu ne mets jamais du tien.* La liste est longue.

« Je t'assure, insiste Daniel. Il faut faire ces entraînements. Jeff nous l'a bien expliqué.

- Jeff n'est pas mon patron. C'est un bouffon de passage. Je n'ai pas à m'entraîner à faire le con. Et toi non plus. Il peut laisser les instructions qu'il veut, ce sera sans moi. Alors va t'amuser avec ton équipe si c'est devenu indispensable mais fous moi la paix.
- S'il te plaît Joseph. »

Daniel a les yeux larmoyants. Il joue la comédie. Ce ne peut pas être autre chose. Si c'est à ce point, c'est qu'il me fait marcher. Ce n'est pas possible autrement. On dirait un enfant à qui on vient d'annoncer que le voyage à Disney Land promis n'aura jamais lieu. Il est réellement désemparé. Deux collègues passent dans le couloir en nous jetant un coup d'oeil curieux.

« S'il te plaît, Joseph, murmure-t-il, suppliant.
- Fous moi la paix. »

Il me met mal à l'aise. Je veux qu'il sorte de là.

« Joseph, bégaye-t-il, les yeux désespérés.
- Putain Daniel qu'est-ce que tu comprends pas dans fous moi la paix !? FOUS MOI LA PAIX !!! »

Daniel se fige. Sonné par mon mouvement d'humeur. C'est la première fois que j'élève la voix sur lui. C'est peut-être même la première fois que j'élève la voix tout court de toute ma vie professionnelle. D'un coup, Daniel n'est plus qu'une grimace de douleur. Un visage de deuil. A cet instant, on dirait que rien ne pourra jamais le consoler de mon refus d'obtempérer à ses conneries. En cet instant, et pour la première fois, je ne reconnais plus du tout mon ami. Je m'en sens presque désolé, triste de l'avoir fait glisser dans cet état.

« Je suis désolé Daniel, vraiment ».

Il approche de mon bureau d'un pas lent, un pas de condamné, tristement absurde. Il s'empare doucement d'un crayon près de mon ordinateur qu'il fait lentement glisser hors du pot. Qu'est-ce qu'il ... PUTAIN NON !!!

D'un geste froid, mécanique, hypnotisé, Daniel s'enfonce le crayon dans l'oeil. *Slpoch !* Je tombe de mon fauteuil.

« DANIEL !!! » je hurle.

Daniel est resté debout. Il se tient droit, le crayon enfoui jusqu'à la gomme dans son orbite ensanglantée. Le côté droit de son visage se couvre de sang. Il n'y pas de douleur sur le reste son visage. Pas un rictus. Il tend de nouveau la main et attrape un stylo. Toujours à terre sur le flanc, je me redresse en panique.

« DANIEL ARRETE !!! »

Slpoch !

J'entends des gens accourir dans mon bureau alertés par mes cris. Des collègues envahissent la pièce et en ressortent en hurlant. Daniel ne bouge toujours pas. Un stylo planté dans chaque oeil. A présent son visage est couvert de rouge. Puis sa silhouette vacille. Cela dure quelques secondes, hésitant d'un pied sur l'autre, d'un léger mouvement de balance, avant de tomber raidi sur le sol dans un bruit mat.

*

Je reviens à moi, la tête sur les genoux de Coraline assise sur le canapé de mon appartement. Il fait nuit. Je ne sais plus comment je suis rentré chez moi. Je ne m'en souviens pas. Tout ce dont je me souviens est d'avoir commencé à vomir au bureau. Puis dans une voiture. Puis chez moi. Je n'ai fait que vomir jusque là. Je ne sais pas qui a prévenu Coraline de ce qu'il s'est passé plus tôt dans la journée. Si on l'a appelée ou si c'est moi. Est-ce que c'est elle qui m'a ramené chez moi ? Tout me semble irréel. Ces dernières heures floutées d'horreur ont la consistance brumeuse d'un cauchemar. Chaque fois que je sors de ma torpeur, je me souviens que tout est vrai. Que Daniel s'est suicidé debout devant moi en s'enfonçant mes stylos dans le cerveau.

J'entends un bruit de clé et me rends compte que les jambes de Coraline ne se trouvent plus sous ma tête. Je cligne des yeux. Elle boutonne le col de son manteau.

« Où tu vas ? »

Ma voix est vaseuse. Coraline s'approche et pose un baiser sur mon front brûlant.

« Je t'ai dit tout à l'heure que j'avais un afterwork ce soir.
- Hein ?
- C'est l'anniversaire d'une collaboratrice.
- Mais ... tu ne vas pas y aller, non ? Tu ne vas pas me laisser seul ?
- Je reviens après si tu veux, dit-elle en haussant les épaules.

- Non. Je veux que tu restes avec moi. »

Elle cligne plusieurs fois des paupières comme un baigneur en plastique devant mon ton outré.

« Bon d'accord, j'annule alors.
- S'il te plaît, oui. »

Elle se rassoit à contre-coeur sans enlever son manteau et sort son téléphone pour rédiger un texto. Un son annonce que le message est parti. Je me demande ce qu'elle leur a écrit. *Désolée mais mon mec bizarre n'arrête pas de vomir depuis que son plus proche collaborateur s'est donné la mort devant lui sur son lieu de travail. C'est chiant mais je dois rester avec lui ce soir. On se rattrape vite.* Avec une tête jaune qui pleure.

Elle retire son manteau, finalement, et me caresse la tête d'un geste froid, automatisé, presque absente.

« Ça va aller, dit-elle. Ça va aller. »

Ah bon ?

Elle se lève pour aller chercher un Coca dans le frigo géant qui sent encore le plastique des films de protection. Je ferme les yeux. Je voudrais pleurer mais je suis trop choqué pour y arriver. Chaque fois que je ferme les paupières, je vois Daniel.

« C'est pas vrai, Joseph ! C'est quoi ça !? »

Je me redresse dans le canapé. Coraline désigne le cendrier plein au coin du bar.

« Je me disais bien que ça sentait la clope ici ! On avait dit que ce serait non fumeur !
- Désolé ... »

De nouveau, je sens remonter la bile du fond de ma gorge.

CHAPITRE 8

J'ai une tête de mort dans l'ascenseur ce matin. J'ai oublié de me coiffer et de me raser, des mèches rebelles tombent sur mon front devenu presque translucide de frayeur. J'ai les yeux d'un noir écarlate, l'air maigre et maladif. J'ai encore vomi toute la nuit, la nausée ne passe pas.

Je ne sais pas comment j'ai pu me concentrer pour conduire jusqu'au bureau dans l'état dans lequel je suis et sans avoir dormi. Apparement j'ai très bien su rentrer chez moi hier dans un état pire que celui-là, ma voiture étant soigneusement stationnée dans son box ce matin. Je ne sais pas comment j'ai fait. Je ne sais pas dans combien de temps ce que j'ai vu hier va s'atténuer. Ça contamine mes gestes, avale toute mon attention.

On me dévisage lorsque je traverse l'open space. Les regards vont de la tristesse à la perplexité. Moi non plus je ne sais pas quoi penser. Un silence de mort dans les couloirs, juste les cliquetis des claviers.

En face de mon bureau, celui de Daniel Leverrin est vide. Daniel ne reviendra jamais. J'y penserai chaque jour dès que je lèverai la tête de mon ordinateur.

« Monsieur Lepage ?
- Oui ? »

Je ne connais pas le type qui vient de faire un pas dans la pièce sans frapper. Ce doit être un nouveau. Il s'est arrêté à quelques centimètres de la flaque de sang qui sèche encore sur la moquette.

« Monsieur Hocq voudrait vous parler.
- Maintenant ?
- Oui, tout de suite. »

Le type me précède le long de l'étage. Ça tombe bien, cette entrevue. Je vais demander à changer de bureau. Même si tous les bureaux individuels se ressemblent, impossible de rester travailler dans le mien après ce qu'il s'est passé.

« Asseyez-vous », dit Gontrand Hocq.

Il a l'air d'avoir passé une sale nuit, lui aussi. C'est probablement pour ça qu'il a oublié la politesse élémentaire. *Bonjour* est superflu en de telles circonstances. Il passe une main dans ses cheveux blanc et reprend son souffle.

« Monsieur Lepage, je suis au regret de vous annoncer que vous êtes licencié pour faute lourde. Je vous prierai donc de me remettre votre badge, de récupérer vos affaires et de quitter les lieux immédiatement. »

Je dois avoir mal entendu. Le jour est mal tombé pour ce genre de blague.

« Je … Excusez-moi, est-ce que vous pouvez répéter ?
- Vous êtes licencié.
- C'est une plaisanterie ?
- Non. Ce n'est pas une plaisanterie. Vous avez harcelé moralement l'un de vos collègues et l'avez poussé au suicide.
- Harcelé ? Harcelé vous dites ?!

- Et la deuxième raison est votre refus de participer au programme de coaching.
- Vous parlez de ces séances de gymnastique stupides ?
- Ces séances stupides ont été mises en place par le siège. Vous avez refusé de suivre ce protocole alors que vous êtes manager. Et vous avez ainsi empêché un autre manager de suivre le programme, lequel s'est suicidé par votre faute. »

Un très long silence.

« Monsieur Hocq, j'ai eu une nuit épouvantable. Dites moi que c'est une blague. »

*

Mes clés résonnent sur le bar de la cuisine dans l'appartement vide. J'ai passé des années à travailler dans cette tour sans y avoir jamais rien laissé de personnel. Je suis rentré chez moi sans emploi, sans rien dans mes poches.

Je reste immobile dans mon salon neuf. Quelque chose a changé. Il manque un truc, il y a un vide.

Les trois cartons de Coraline ont disparu. Peut-être a-t-elle rangé ses vêtements dans les placards fraîchement terminés.

Je sors une cigarette. J'ai du mal à me mouvoir. Tout mon corps est douloureux. Le cendrier déborde. Il y a un papier en dessous, signé de Coraline.

Je n'emménagerai pas ce week-end. Ni jamais. Tu es devenu trop bizarre, et pas coopératif. Tu ne fais même plus partie de la société. C'est terminé.

CHAPITRE 9

La pluie de la Toussaint s'abat de toute sa force sur Nanterre. La ruelle est mal éclairée, je jette un coup d'oeil à ma voiture garée à quelques mètres en espérant qu'elle ne craint rien ici. Il y a peu de passage. C'est trop calme. Je vérifie l'adresse du petit immeuble devant moi. C'est bien ça. Je trouve l'interphone et appuie sur « Brunois ».

J'ai mal au ventre. Je ne sais pas qui va m'ouvrir. Au téléphone, l'étudiant en physique qui dit s'appeler Greg avait l'air jeune et sympathique, mais on ne sait jamais avec les individus rencontrés sur internet et les sous-colocations non déclarées. J'espère ne pas tomber dans un traquenard bien que ces dernières semaines furent un ample traquenard en soi.

Je n'ai pas encore retrouvé de travail. Faute lourde est difficilement pardonnée. Pas d'indemnités et un crédit immobilier tout frais à payer. J'ai dû mettre mon appartement enfin terminé en location meublée pour être certain de pouvoir rembourser les mensualités. J'ai stocké tous mes effets personnels dans ma cave standing et n'ai gardé que deux sacs de voyage contenant ma trousse de toilette et quelques fringues. Ils attendent leur sort dans le coffre de ma voiture. Je viens tout juste de remettre mes clés à mes locataires, un mignon petit couple fonctionnel et plein d'entrain, qui profitera de mes meubles neufs à ma place.

Je suis au pied du mur dans tous les sens du terme, en attendant que Greg daigne m'ouvrir sa porte et estimer si je lui conviens en tant que colocataire galérien. J'ai été écarté de toutes les opportunités de location de logement provisoires traditionnelles en raison de ma situation. Je n'ai rien dit à mes parents, qui sont de toute façon trop radins pour m'aider. Et la dernière chose dont j'ai envie est de réintégrer leur maison. Ma chambre a été transformée dès mon départ en atelier de maquettes de bateau et sent la colle, je n'y aurais pas ma place. En attendant, si je dois rebrousser chemin ce soir je devrais loger à l'hôtel. Et si je ne trouve toujours pas de toit ces prochains jours et que ça s'étire dans le temps, je vais être dans le rouge. Et dans la merde.

« Oui ? » fait la voix dans l'interphone.

« Salut, je suis Greg. Entre. »

L'étudiant fluet à lunettes me demande d'enlever mes chaussures et me précède dans la salle de séjour en rez-de-chaussée aux fenêtres minuscules, comme les lucarnes d'une cave. Une faible odeur de détergent manque de me faire éternuer. La pièce, assez vaste, est surchargée de boitiers de jeux vidéos. Le meuble TV courbe sous la demi douzaine de consoles de jeux et la table basse compte une dizaine de télécommandes. Le canapé dur s'affaisse en son centre, là où Greg doit passer des heures à jouer.

« Tu as des microbes ? demande Greg.

- Pardon ?
- Des microbes.
- Je dois contenir un nombre de bactéries acceptable. Je suis en bonne santé.
- D'accord. J'aime pas trop les germes.
- Ok, je ferai attention à ne pas en ramener avec moi. Je peux voir la chambre ? »

Il acquiesce. Il a l'air inquiet pour les bactéries. Il pose une main sur la poignée d'une porte et se retourne, comme pris d'un doute.

« Si jamais tu utilises les télécommandes, est-ce que tu peux te désinfecter les mains au gel antibactérien ?
- Oui, bien sûr.
- Ouais, ce serait chouette. Je passe régulièrement des lingettes sur les touches quand mon copain Pablo vient jouer à la console avec moi, mais j'ai toujours peur que ça ne suffise pas. Deux précautions valent mieux qu'une. »

Greg ouvre la porte sur une pièce étroite munie d'un futon une place, une commode Ikea qui a déjà bien vécu et du linge de lit à motifs marrons et jaunes à relancer ma nausée post suicide de Daniel.

« Voilà, dit-il. Tu peux emménager tout de suite, à condition bien sûr de me régler en liquide uniquement. Trois cent euros par mois.
- Ça me va très bien. »

Je sens malgré cela une inquiétude lorsque je lui serre la main.

Les microbes, bien sûr.

CHAPITRE 10

Je sors les clés de mon domicile provisoire de ma poche en traversant le hall minuscule de l'immeuble nain où je vis depuis deux semaines. Ces clés sont les seules qu'il me reste avec celles de la cave de mon immeuble. Je me suis débarrassé d'un autre jeu de clé il y a une heure à peine, lorsque j'ai revendu ma Smart à une fille à papa.

Greg joue à la console avec son copain Pablo, un camarade de fac épais aux cheveux peroxydés qui porte toujours la même vieille casquette Dragon Ball.

« Salut Joseph, lancent-ils en choeur sans quitter leur écran des yeux.
- Salut les gars. »

Greg jette un coup d'oeil furtif pour vérifier que je me sois bien déchaussé.

« Aïe, Joseph, t'en as une sale mine ce soir. Ça va pas ?
- Je viens de vendre ma caisse.
- Merde, dit Pablo. Pas cool du tout. Viens t'asseoir un peu avec nous. »

J'ai rien de mieux à faire. J'aimerais avoir mieux à faire. Je m'assois, raide dans mon costume, sur le canapé inconfortable. Je desserre enfin la cravate qui ne m'a servi à rien aujourd'hui.

« Comment s'est passé ton entretien ? demande Greg.

- Tu peux lire le résultat sur sa tête, dit Pablo. Il aurait pas vendu sa voiture sinon.
- Voilà, je dis.
- T'as passé combien d'entretiens pour l'instant ? demande Pablo. Depuis le début, je veux dire.
- Une vingtaine.
- La vache ! Mais comment ça se fait ? T'avais un super poste avant pourtant !
- Faut croire que ça ne compte pas. On retient juste que j'ai été viré.
- Et tu veux toujours pas nous dire pourquoi ? demande Pablo.
- Parce que mon plus proche collaborateur s'est suicidé devant moi avec du matériel de bureau et qu'on a décidé que c'était ma faute. »

Les sons des jeux vidéos meurent. Les deux copains ont oublié de tripoter leurs manettes qui sentent l'éthanol.

« C'est horrible » dit Pablo.

Greg acquiesce et s'empare de flacon de gel antibactérien pour s'en enduire les mains.

« Jusqu'à quel niveau tu es dans la mouise exactement ? demande Pablo.
- Jusqu'au épaules. Pour l'instant je peux respirer encore un peu avec l'argent de ma voiture. Mais après ça, si j'ai toujours rien trouvé, je vais devoir revendre mon appartement. »

Pablo reprend ses manettes mais le coeur n'y est plus. Il les repose sur la table quelques secondes plus tard à côté des cartons Dimi's Pizza qu'il ramène à chaque fois qu'il vient ici.

« Ça te dit de bosser au black en attendant de te retourner ? »

Je reste perplexe un instant. Je n'y ai jamais pensé. Travailler au noir n'a jamais été une option imaginable. Mais ma situation exige de revoir certaines perceptions des choses.

« T'as jamais fait du cash non déclaré ?
- Ben non. J'ai fait des études pour ne jamais avoir à faire ça.
- Bon écoute, moi je bosse comme livreur de pizzas certains soirs, c'est pas loin d'ici. Je peux te brancher avec le patron si tu veux. Et crois moi, c'est pas lui qui va te demander ton CV.
- Ça vient de là toutes ces pizzas que tu ramènes ?
- Ouais. Alors, ça te dis ?
- C'est gentil mais je préfère trouver un vrai travail. Un comme j'avais.
- Ok. Tiens moi au courant si tu changes d'avis. »

Ça ne risque pas d'arriver. J'ai pas fait une école de commerce réputée pour livrer des pizzas.

CHAPITRE 11

C'est mon premier soir en tant que livreur de pizzas. J'ai le trac. Et la mort dans l'âme. Pablo m'accompagne gentiment en faisant rouler son vélo à côté de lui. Le néon de Dimi's Pizza m'apparaît à côté d'un bar PMU au rideau fermé à l'intersection d'une avenue désolée.

« C'est là, dit Pablo.
- J'avais deviné.
- Suis-moi, je vais te présenter au boss. Il s'appelle Dimitri. »

Une clochette retentit lorsque la porte s'ouvre en grinçant sur un carrelage blanc pas très net. Il y a quatre tables bancales pour manger sur place mais il faut croire que personne n'en a envie.

« Ici, ça ne marche que par livraison. Tu verras rarement des clients venir manger sur place. »

Derrière le comptoir où sont posés les prospectus, on peut voir la cuisine. Et son hygiène douteuse qui se passe d'examens au microscope. Il n'y a qu'à voir les projections de sauces qui ont eu le temps de fossiliser le long des fissures murales. Le sol en lino gondolé est crade. Avec une goutte de sueur froide qui descend en secret ma colonne vertébrale, je fais le calcul du nombre de pizzas qui venaient d'ici et qui ont transité par mon estomac, et un décompte fébrile du dernier délai d'incubation. Plus jamais.

Deux mecs en tablier malaxent de la pâte à pleines mains sans l'ombre d'un gant. Le plus gros lève la tête et vient vers nous en essuyant ses mains sur son tablier souillé de tâches anciennes et nouvelles. Il a une cinquantaine d'années et un monosourcil qu'il fronce en me regardant.

« C'est qui lui ? demande-t-il en me désignant d'un coup de menton.
- C'est Joseph, le gars dont je t'ai parlé, annonce Pablo.
- Bonsoir Monsieur, je dis.
- T'as un vélo ?
- Euh, non.
- Pablo, va lui en chercher un. Et donne lui un blouson. »

Pablo disparait derrière un tas de poubelles dans une courette sans éclairage. Le patron m'examine, ses gros doigts posés sur le comptoir.

« Je t'explique comment ça marche. Là, c'est le téléphone, là, le carnet de commandes. Tu notes bien le nom et l'adresse et tu demandes au client d'avoir l'appoint. Tu me poses le papier là, je fais les pizzas et après tu livres. C'est clair ?
- Oui Monsieur.
- Et quand t'as fini ta soirée je te file cinquante balles. »

Pablo revient avec un vélo en bon état et me tend un K-way rouge avec un trou dans le dos, un écusson à moitié décollé du logo de Dimi's Pizza sur le coeur.

*

Pablo est en livraison lorsque je retourne à la pizzeria après ma première tournée. Le plus difficile a été de me repérer dans Nanterre au GPS de mon téléphone sans rien pour l'accrocher au vélo. En dépit de cela, les clients n'ont pour le moment pas dépassé les cinq pâtés de maison. J'ai livré un père célibataire, un aristo déclassé, une colocation d'étudiantes et un vieillard que personne ne vient jamais voir.

« T'as l'argent ? » demande Dimitri.

Je lui tends ma recette qu'il s'empresse de ranger dans la caisse avant de saisir une poignée de champignons qu'il dispose soigneusement sur une pizza prête à cuire.

« Je peux vous poser une question ?
- Une question ? demande Dimitri, comme si je lui avait proposé un verre d'eau de javel.
- Pourquoi vous ne traitez pas avec les plateformes de livraison ? Vous savez, Uber Eats ou Deliveroo ? Ce serait beaucoup plus simple pour vous.
- Epargne-moi tes questions de polytechnicien tu veux ? Ce soir t'es juste livreur donc mêle toi de tes affaires.
- Je suis flatté mais je n'ai pas fait polytechnique.
- T'es un mec qu'a fait des études pour travailler en costard, c'est pareil. Les gens comme toi, vous êtes pas nets. Vous faites des couillonnades toute la journée. »

Je ne sais pas quoi répondre. Il y a une part de vérité. Mon patron poursuit :

« Moi je fais des pizzas. Et veux être payé en liquide. Alors fais pas le malin avec moi. Je suis au courant de ce qu'il s'est passé, Pablo m'a raconté. T'as tué un mec à ton travail et c'est pour ça que t'es dans la merde. »

Pablo a fait un sacré raccourci en racontant mes mésaventures à mon futur employeur. Pour Dimitri, je suis donc un assassin dans la nature, et il a l'air totalement détendu avec le principe, ça n'a pas l'air de lui poser le moindre souci. Je ne sais pas à quel niveau je dois m'inquiéter.

Le téléphone sonne. Je note la commande en bon élève et tends le bon de commande à Dimitri en raccrochant. Il le fait glisser sur le côté du comptoir.

« Ça c'est Pablo qui s'en occupe, dit-il en retournant à son fourneau.
- Pablo est en livraison. Je peux m'en occuper.
- Non. Ça attendra que Pablo revienne.
- Mais il vient à peine de partir. Le client va attendre longtemps.
- C'est pas un problème. C'est toujours Pablo qui livre Lebrochet.
- Pourquoi, Monsieur Lebrochet a un livreur attitré ?
- Non. Mais il connaît Pablo. C'est Pablo qui lui livre. »

Si je travaillais encore chez Voyd, j'aurais envoyé un consultant chez Dimi's pour lui apprendre à mieux gérer son affaire.

*

Il est une heure de matin. J'ai empoché mes cinquante euros et réintégré mon futon inconfortable. Pour la première fois que je me couche dessus, je m'endors en moins d'une minute.

CHAPITRE 12

« Et ton travail ? demande mon père.
- C'est un peu dur en ce moment, mais je tiens le coup. »

Ma vie professionnelle est à peu près le seul sujet me concernant qui intéresse mon père à la retraite. Il s'essuie la bouche dans sa serviette en hochant sa tête chauve, satisfait. Il ne sait pas que je suis livreur de pizzas depuis deux semaines. Il me croit toujours en haut de ma tour. Ma mère me demande si je veux encore des haricots sans beurre ni sel. Je décline poliment.

Ayant épuisé toutes les dernières anecdotes de son travail à mi-temps au département culturel de la ville de Meudon, ma mère cherche un sujet de conversation qui couvrirait le silence. Silence qui a toujours été la norme entre mes parents et moi.

« Comment va Coraline ? demande-t-elle.
- Elle va très bien.
- Pourquoi tu n'es pas venu avec elle ce soir ?
- Elle était occupée, elle viendra la prochaine fois. »

Ma mère est déçue. Elle adore Coraline. Son côté première de la classe lui a plu au premier contact. On verra sa tête quand elle apprendra comment cette gentille Coraline a déserté quand j'étais au plus mal. Je suis à peu près sûr que ma mère prendra parti pour elle.

« J'espère qu'elle pourra venir à Noël.

- Je vais lui demander. Mais tu sais, elle a une famille, elle aussi. Elle passera peut-être Noël avec eux.
- Essaye de la convaincre. Ce serait bien. Cette année, j'ai invité les Fantier et les Vercambre. Il y aura aussi les cousins de ton père.
- J'ai hâte. »

Je ne connais pas les cousins de mon père. Je les ai vus deux fois dans ma vie et ne sais même pas comment ils s'appellent. Les Fantier sont des amis de mes parents avec qui ma mère est en compétition perpétuelle sur qui des Fantier ou des Lepage a le jardin de banlieue le mieux entretenu ou les plus belles broderies sur les coussins du canapé. Et les Vercambre sont des fonctionnaires à la retraite qui ont converti mon père au modélisme naval. Ce réveillon va être une vraie déglingue.

« Il y a des yaourts pour le dessert, annonce la maitresse de maison. Ton père est au régime.
- Non merci, maman. »

*

Je m'éloigne de la petite villa Meudonnaise en brique rouge où j'ai grandi avec un soupir de soulagement. Je récupère mon vélo que j'ai planqué au coin de la rue et enfile mon K-way Dimis's Pizza à la lueur du réverbère.

Cela a beau être provisoire, une mauvaise passe avant de renouer avec une vie de cadre bien peigné, mais chaque soir, lorsque j'arrive dans cette pizzeria crasseuse, j'ai un goût d'achevé, l'impression que ma vie a presque un sens.

« Tiens tiens mais c'est le petit Joseph ! »

Un homme dégarni tenant un petit chien en laisse sort de l'ombre. Un voisin de mes parents. Qui vient de me voir enfiler un blouson de livreur de pizzas.

« Bonsoir, Monsieur Popescot.
- C'est quoi ce blouson ? Dimi's Pizza ?
- De quoi ? Oh non ah ah ah ! C'est un déguisement !
- Ah bon ?
- Oui oui, j'ai une soirée costumée. L'anniversaire d'un collègue qui adore les pizzas. »

Je pense à Daniel et mon coeur se tord. Je poursuis mon mensonge :

« Je sors de diner avec mes parents, je n'avais pas le temps de repasser chez moi pour me changer, en plus je dois y aller en vélo pour faire plus livreur, vous voyez !
- J'aime bien les soirées déguisées, fait le voisin de mes parents, les yeux rêveurs perdus dans un horizon de myope.
- Oui, quoi de plus amusant ! »

J'ai toujours eu horreur de ça.

« Je file, je vais être en retard. A bientôt, Monsieur Popescot !
- Amuse toi bien, petit. »

CHAPITRE 13

« Il pleut, me dit Dimitri en guise de bonsoir.
- Je sais. »
En effet, j'avais remarqué. Il pleut des trombes glaciales. Je dégouline sur le carrelage, trempé jusqu'aux os. Les livraisons de ce soir ne vont pas être une partie de plaisir. J'espère simplement ne pas tomber malade.
« Pablo n'est pas là ?
- Non, répond Dimitri. Il ne s'est pas présenté au travail.
- Merde. Je vais être tout seul ce soir alors.
- Ouais. Je te jure, si seulement Pablo était déclaré, il aurait un avertissement, ça tu peux en être sûr !
- Je n'en doute pas. »

Je rentre de ma troisième tournée frigorifié. Dimitri m'attend bien au sec, enveloppé de la chaleur venant des cuisines. On dirait Hocq quand il m'attendait dans son bureau pour faire un point sur ma carrière. Il a quelque chose à me dire.
« Joseph, dit-il en me montrant trois boîtes de pizzas. Pablo n'est pas là ce soir.
- Oui ? »
J'attends le scoop suivant. Dimitri est bizarre. Il a l'air hésitant, un peu fébrile.

« Bon, en son absence, c'est toi qui va te charger de la livraison pour Lebrochet.
- Pas de problème.
- Voilà l'adresse. C'est à trois ou quatre blocs d'ici, là où il y a des entrepôts, te perds pas, c'est mal indiqué et mal éclairé. C'est le deuxième bâtiment dans l'allée derrière les grillages.
- Compris.
- Tu verras, quand tu seras devant, il y a un grand rideau de fer. Ça ressemble à une usine, c'est un bâtiment assez bas. L'entrée c'est à l'angle, à gauche quand tu es face au bâtiment. Il y a une double porte en fer, il faut pousser. Ensuite il y a un bouton d'interphone sans rien dessus. Te fatigue pas, y a qu'un bouton. Tu vas t'annoncer. Ensuite, tu descends l'escalier au bout du couloir, tu prends à gauche. Tu me suis ?
- Oui.
- Bon, donc à gauche, après tout droit et deuxième couloir à droite il y aura une porte. Là tu frappes. C'est clair ?
- Limpide. »

Je comprends mieux pourquoi c'est Pablo qui s'en charge. Il vaut mieux connaître le chemin par coeur.

La pluie s'est calmée en route. Je pose mon vélo contre le grillage et trouve la double porte. Les murs sont nus et gris à l'intérieur. Il fait aussi froid qu'au dehors. J'attends la réponse de l'interphone. J'appuie une seconde fois. Un déclic, quelqu'un a décroché mais personne ne parle.

« Joseph, de Dimi's Pizza, je dis bien fort. J'apporte vos ... vos pizzas. »

Je me mets en marche, suivant les instructions de Dimitri. Le sous-sol a l'air d'être un dédale de boxes qui doivent être des caves, voire des garages selon leur taille. Il doit y avoir un parking de l'autre côté du sous-sol. Qui peut vivre dans un endroit pareil ? Je frappe devant ce qui me semble être la bonne porte.

La porte s'ouvre sur un sas éclairé au néon où se tiennent deux individus qui me dévisagent. Le type qui me tient la porte a les cheveux coupés ras et les yeux bleu gris assortis à son pull en polaire. Le gros chauve derrière lui est plus âgé. Il doit avoir la trentaine et n'a pas l'air de s'amuser. Il croise ses bras puissants et me toise, des veines saillantes sur son crâne luisant sous l'éclairage.

« Bonjour, dis-je d'un air jovial peu assuré. Je vous apporte vos pizzas. »

Sans dire un mot, le chauve à la carrure de rugbyman ouvre la seconde porte. Monsieur Lebrochet attend sa commande assis derrière son bureau. C'est un homme trapu d'une soixantaine d'années aux épaules larges et aux sourcils blanc broussailleux qu'il lève en me regardant entrer. Je sens derrière moi la présence silencieuse mais non moins oppressante des deux types qui m'ont ouvert la porte.

La pièce ressemble au fourbi d'un antiquaire, où un grand tapis persan recouvre directement le sol en béton. Sur le bureau, au milieu d'une pile de paperasse et de tas de grands carnets Moleskine se trouve une mappemonde où il manque des continents, et un crâne dont je ne préfère pas savoir s'il est en résine ou en crâne. Aux murs, une étagère remplie de livres anciens, un tableau comportant un alphabet étrange, un autre à l'aspect d'un papyrus encadré contenant des hiéroglyphes, un sabre Japonais, un poisson en bois poli, une tapisserie avec un affreux bébé du moyen âge qui crie, et une carte postale d'une vue aérienne d'un littoral bétonné avec un slogan débile sur le Cap d'Agde.

« Bonsoir Monsieur. Voici vos pizzas. Où voulez-vous que je les pose ? »

Lebrochet a l'oeil amusé. C'est vrai que c'est hilarant.

« Comment tu t'appelles, mon petit gars ?
- Joseph, Monsieur. Vous avez une pizza aux anchois, une reine et une végétarienne.
- Quel est ton signe astrologique ? Je m'intéresse beaucoup au zodiaque, tu vois ce que je veux dire ?
- Euh, oui. Vierge.
- Vierge. Très bien. Un bon signe de terre. Précis et méticuleux. Un peu désabusés, mais de bons exécutants.
- Oui sûrement. »

J'ai toujours les pizzas sur les bras. J'aimerais parler astrologie une autre fois, mais pas ici, et pas avec ces deux types dans mon dos.

« Il y a des signes plus fiables que d'autres. Les vierges font partie des signes fiables.

Ils ont le bon sens et la logique avec eux, contrairement à beaucoup, ce qui les rend parfois irascibles et dépressifs, tu vois ce que je veux dire ?
- Parfaitement. »

Qu'est-ce qu'il fout à me tenir la jambe avec son horoscope de journal gratuit je ne compte pas passer la nuit là. Prends tes pizzas et laisse moi partir.

« Tu m'as l'air intelligent. On parlera des astres une autre fois, je vois que tu as l'air pressé.
- Non, non, pas du tout. Mais j'ai d'autres livraisons en cours, je ne dois pas trop m'attarder.
- Je vois ce que tu veux dire. Lancelot, prends les pizzas. »

Le jeune me soulage des trois cartons et les pose sur le bureau. Le vieux sort un billet de cinquante de la poche de son costume.

« Vous n'avez pas l'appoint ? Parce que je n'ai pas de monnaie, je suis désolé.
- Pas besoin. Le reste est pour toi.
- Vous êtes sûr ? C'est beaucoup !
- J'aime récompenser les braves gars comme toi qui le méritent. Tu vois ce que je veux dire ?
- D'accord. Merci Monsieur Lebrochet. »

Un hurlement me fait sursauter. C'est Lebrochet. Il hurle de rire. Je me tourne vers le chauve derrière moi qui garde un visage impassible. Son patron est saisi de hoquets incontrôlables. Qu'est-ce que j'ai pu dire de drôle ?

« Monsieur Lebrochet ! » glapit-il entre deux suffocations.

Si le type s'étrangle de rire chaque fois qu'il entend son nom sa vie ne doit pas être simple.

« T'entends ça Jackson, dit Lebrochet au chauve. Monsieur Lebrochet ! Allez, raccompagne notre ami vers la sortie pour pas qu'il se perde. »

Dehors il s'est remis à pleuvoir. Je pédale furieusement. Les caniveaux débordent. Soudain, je comprends. Je me souviens du poisson accroché au mur. C'est un surnom. On l'appelle Le Brochet.

*

Greg joue encore à la console quand je rentre à deux heures du matin. J'éternue sitôt la porte fermée et mon colocataire se recroqueville sur lui même pour s'abriter d'éventuelles projections de virus. Une flaque d'eau de pluie dont suis gorgé se forme sous mes pieds.

« T'es trempé, dit Greg.
- Oui, j'ai vu. J'ai assuré toutes les livraisons à moi tout seul. Pablo n'est pas venu travailler.
- D'accord.
- Tu sais où il est ?
- Il a dû rentrer voir sa famille dans le Finistère. Il fait ça souvent sur un coup de tête. Il ne prévient pas toujours.
- On a pourtant de la pluie très correcte ici, pas besoin d'aller si loin. »

Je me déchausse en pensant aux grandes falaises déprimantes de Bretagne dans lesquelles je me jetterais bien là tout de suite pour en finir et je n'en veux plus à Pablo.

« Et à part les pizzas, demande Greg, ça avance, tes recherches d'emploi ?
- Toujours rien pour l'instant. Aucune réponse positive. Même pas l'ombre d'un peut-être.
- Désolé. Tu veux en parler ?
- Pas vraiment. »

Greg retourne à son jeu, l'air triste pour moi.

CHAPITRE 14

« Pouvez-vous me donner votre numéro d'abonné ? demande l'opératrice d'une voix monocorde.
- Je vous l'ai déjà dit, je ne l'ai pas sur moi. J'ai jeté ma carte d'accès.
- D'accord. Je vais vous demander de patienter un instant Monsieur Lepage.
- Encore !? Mais il ... »

Une mélodie stridente me fait taire à l'autre bout du fil.

« Je peux te prendre des frites ? demande le sans-abri assis sur la marche à côté de moi.
- Allez-y, faites vous plaisir. »

Je pousse vers lui le menu grec qui nous sépare auquel j'ai à peine touché après un entretien pour une boîte de consulting qui n'a rien donné. Je desserre ma cravate et sors une cigarette.

« Monsieur Lepage, merci d'avoir patienté, dit la fille au téléphone.
- C'est pas comme si j'avais eu le choix.
- Pardon ?
- Rien. C'est bon vous avez réglé le problème ?
- Alors oui, il faut attendre deux semaines pour la régulation.
- J'ai résilié mon abonnement dans votre salle le mois dernier ! Je vous appelle parce que je suis encore prélevé, ce n'est pas normal.
- Je comprends bien.

- Vous comprenez bien mais vous vous en foutez.
- Je suis désolée Monsieur Lepage, à mon niveau je ne peux rien faire. Je reporte ça dans une fiche pour que l'information remonte. Vous pouvez envoyer une lettre recommandée pour demander un remboursement en attendant. Si vous ... »

Je raccroche. Je peux sentir mes nerfs se recroqueviller, ma mâchoire se crisper. J'ai encore d'autres coups de fil à passer pour des abonnements à résilier ou déjà résiliés mais pour lesquels mon compte bancaire continue d'être prélevé comme par magie. J'enfonce ma tête dans les mains. Si je n'étais pas à sec de l'intérieur, je pourrais pleurer. Je sens l'ombre du mec assis à côté pencher vers moi.

« Je peux te prendre une clope ? »

*

Je pénètre dans l'antre du Brochet avec ses trois pizzas quotidiennes. Pablo est toujours en Bretagne. Cela fait une dizaine de jours, il devrait bientôt revenir. En attendant, je suis devenu le livreur attitré du mec qui a son bureau dans un garage en sous-sol dont je ne connais pas la nature exacte des activités. Ça ne doit pas être bien académique, mais ça ne me regarde pas. Tout ce qui m'importe, c'est le très généreux pourboire que j'empoche à chaque visite.

Je déambule avec aisance dans le sous-sol, à présent je sais me repérer.

« Salut Lancelot, salut Jackson ! »

Lancelot sourit, à la vue des pizzas, dévoilant ses dents écartées en m'ouvrant la porte du bureau.

« Merci, Monsieur Lebro... Merci Monsieur, dis-je en glissant quarante euros de pourboire dans la poche de mon jean.
- C'est mérité, mon gars. T'es un bon livreur de pizzas.
- Merci du compliment. Je suis touché. »

Je tourne les talons. Lancelot m'entrouvre la porte.

« Attends une petite minute, Joseph » dit Le Brochet.

Aussitôt, Lancelot referme la porte. Et Jackson me regarde en croisant ses mains devant lui. On dirait un mec de Fort Boyard, un gardien de donjon et ça ne me plait pas. D'un coup mon rythme cardiaque s'accélère. J'essaye de déglutir ma soudaine absence de salive.

« Oui Monsieur ? »

Je remercie ma voix de n'avoir pas tremblé.

« Ça fait bien dix jours que tu viens ici tous les soirs, tu vois ce que je veux dire ?
- Oui.
- Je t'ai observé.
- Ah bon ? »

J'ai du mal à paraître détendu. Une goutte de sueur traitresse sort de ma tignasse décoiffée. Je la sens couler sur mon front.

« Ouais, poursuit le maître des lieux. J'ai compris que t'étais quelqu'un de pur. Ça se voit à ta façon d'occuper l'espace, de déplacer les énergies.
- C'est gentil.
- C'est pas gentil, c'est vrai. Les gens comme toi ça court pas les rues. Personne n'est parfait, mais certains sont un peu moins imparfaits que d'autres. Tu vois ce que je veux dire ?
- Oui je vois bien.
- T'as quelque chose de cosmique, tu vois ...
- Oui, je vois ce que vous voulez dire. »

Ça va durer combien de temps sa logorrhée de sorcier de supermarché !? Je veux sortir d'ici.

« Tu as une bonne aura, avec les bonnes couleurs.
- Content que les couleurs de mon aura vous plaisent.
- Je sais que je peux te faire confiance. Tu vois ce que je veux dire ? »

J'acquiesce en regardant mes pieds. Le temps s'étire en éternité. J'ai trop chaud.

« Ça te dirait une petite mission très bien payée ?
- Une mission ? je dis en relevant la tête.
- Oui, trois fois rien. Un truc ultra simple. Jackson, donne moi l'enveloppe. »

Jackson saisit une enveloppe kraft toute fine dissimulée entre deux volumes d'encyclopédie et la pose sur le bureau du Brochet qui griffonne quelque chose sur un post-it. Il ouvre un tiroir au-dessus de ses genoux et sort une photo et du cash.

« Approche toi », demande-t-il.

J'obéis. Il y a quatre cent euros sur le sous-main en cuir, et la photo d'un mec d'une quarantaine d'années.

« Je te donne deux cents maintenant. Toi tu vas livrer cette enveloppe à cette adresse à Nanterre. Tu n'as à entrer nulle part, le mec sur la photo t'attend dehors. Tu vois ce que je veux dire ? Enregistre bien sa tête. Il n'y a pas de lézard, aucun danger. Tu lui remets l'enveloppe et tu repars tranquille. Et quand tu reviens demain, je te donne l'autre moitié.
- L'autre moitié de quoi ?
- L'autre moitié de l'argent. Deux cent euros. »

J'ai besoin d'une pause. Quatre cent euros pour livrer une enveloppe ? J'observe le courrier. Il est si fin et souple qu'il ne pourrait pas contenir plus qu'une feuille de papier. Il n'y a pas de danger, pas d'explosifs là-dedans. Ni de drogues. Il doit juste y avoir des informations qui valent cher. Ou de l'argent, peut-être. Des billets ultra aplatis. Quoi qu'il en soit, je ne veux pas savoir ce qu'il y a à l'intérieur.

« Et tu ne poses pas de questions. C'est compris ?
- C'est compris.
- Alors ? Tu ferais ça pour moi ? »

Pour toi non. Mais pour quatre cents balles oui. Je suis dans une telle merde qu'il est difficile de cracher sur de l'argent facile.

« Tu es mignon, dit Le Brochet. Allez prends tout ça et fous moi le camp. On se voit demain soir avec deux reines et une quatre fromages, tu vois ce que je veux dire ? »

*

Je pédale vite dans les rues sombres et désertes. J'ai le coeur à cent à l'heure et cela n'a rien à voir avec l'effort. Je dois sentir l'anxiété au-delà des frontières altoséquanaises. Je marque un arrêt et descends du vélo. Est-ce que tout ça est bien raisonnable ? Car il est encore temps de faire demi tour. Et se passer de quatre cent euros quand on ne touche pas de chômage et qu'on est passé de manager à gros salaire à livreur de pizza au black avec un crédit sur le dos, est-ce bien raisonnable ?

« Merde, merde, merde », dis-je en remontant sur mon vélo.

Une ombre m'attend sous une ombre encore plus grande au bout d'une impasse. Je ralentis. Le type immobile a le visage fermé et les mains dans les poches de sa parka. Il correspond bien à la photo que Le Brochet m'a montrée, pas d'erreur possible. Un mec qui ressemblerait à celui de la photo et se tiendrait à cette adresse précise à une heure du matin serait une coïncidence un peu poussive.

Sans rien dire, je descends du vélo, sors l'enveloppe de l'intérieur de mon K-way et la lui tends. Il la prend sans un mot, se retourne et s'éloigne.

Moi aussi je pars très vite.

CHAPITRE 15

« Où tu m'emmènes ? C'est pas par là le bureau.
- Sois un peu patient, me dit Lancelot en se retournant, l'air malicieux. Tu vas voir. »

Il se retourne et poursuit sa progression dans les dédales du sous-sol.

« Je t'ai dit, suis moi et ne pose pas de questions.
- Tu sais bien que c'est pas tellement dans mes habitudes. »

Ça fait un mois que je ne pose aucune question. Que je livre des enveloppes à des inconnus qui m'attendent dehors de temps en temps après avoir livré des pizzas. Et parfois, comme aujourd'hui, il m'arrive de passer dans l'après-midi.

On passe un couloir plus large et Lancelot ouvre une porte battante donnant sur une vaste étendue de béton.

« Je me doutais bien qu'il devait y avoir un parking ici.
- Attends, t'as pas tout vu. »

Les rideaux de fer des boxes sont tous baissés. Lancelot s'arrête devant l'un des boxes fermés.

« C'est là, dit-il.
- C'est là quoi ?
- Attends deux secondes ! »

Il soulève la porte de tôle dans un affreux grincement de métal fatigué et allume une ampoule crue.

« Voilà ! Cadeau du Brochet. C'est pour toi ! »

D'un geste théâtral, il arrache une bâche couvrant une Fiat Panda des années quatre-vingt dix.

« C'est une voiture, je dis.
- Bien vu. »

Une épave sans pare-choc avant, rafistolée de partout, à la plaque maquillée comme une vieille pute. A l'intérieur, des sièges à pois fatigués et un radio-cassette dernier cri.

« Ce n'est pas qu'une voiture, c'est TA voiture ! Une voiture de fonction rien que pour toi. C'est ta promotion pour un mois de bons et loyaux services. Alors, qu'est-ce que t'en dis ? »

J'en dis que je suis perplexe. Je force un sourire.

« C'est merveilleux. Je ne sais pas quoi dire.
- Tiens, voilà les clés.
- Merci.
- C'est pas moi qu'il faut remercier. C'est Le Brochet. Il doit être dans son bureau, tu peux y aller maintenant si tu veux. »

Je reprends seul le labyrinthe en sens inverse. Lancelot est resté rafistoler une vieille bécane moisie dans un coin du parking. Je croise Jackson au premier tournant et lui adresse un signe de tête poli. Parler n'est pas son fort, même pour dire bonjour.

Je ralentis le pas quand plus personne ne me voit. Je ne sais pas comment interpréter cette promotion. Pour moi ces livraisons ont toujours été une aubaine provisoire, le temps de voir des jours meilleurs. J'ai pu mettre une belle somme de côté entre Le Brochet et les livraisons Dimi's Pizza. D'autant que Pablo n'est toujours pas revenu et que Dimitri est obligé de m'augmenter quand il ne trouve pas d'extra pour la soirée. Avec cet argent j'ai désormais de quoi tenir quelques temps et recommencer les entretiens que j'ai mis en pause ces dernières semaines. L'objectif est de retrouver une vie normale pour la rentrée 2020, la plus chiante et normale possible.

Alors promotion ou non, je ne compte pas m'attarder dans les nageoires du Brochet sur le long terme. Il faut qu'il le sache, et le lui dire sans le vexer pour qu'il me laisse quitter le navire en bons amis, car il n'existe pas de rupture conventionnelle pour le travail non déclaré douteux. J'ai toujours bien eu conscience qu'ici je trempais dans quelque chose de trouble dont je n'ai jamais rien voulu savoir. L'ignorer ne fait cependant pas de moi un innocent. J'ai parfois une sensation de peur au ventre lorsque je croise une voiture de flics sur mon trajet. Une sensation jusqu'ici inconnue, du temps pas si lointain où j'étais encore un gentil contribuable bien intégré.

Je m'arrête dans le sas. Il y a quelque chose d'inhabituel. Une voix féminine résonne dans le bureau du Brochet. Une voix éraillée qui passe des aigus aux graves, mais une voix de femme. Le Brochet reçoit souvent des rendez-vous dans son bureau, mais de mémoire, en un mois je n'ai jamais vu de femmes ici. Je pousse la porte discrètement, maintenant que je suis autorisé à entrer sans frapper.

Assis derrière son bureau, le boss m'adresse un petit signe de tête pour me signifier qu'il a bientôt fini son entretien. Un petit sapin de Noël synthétique clignote dans le coin de la pièce.

La fille qui se tient debout en face du Brochet et que je vois de profil détonne dans le décor. Une blonde au cheveux ternes crêpés à l'arrière coiffée d'un serre tête et de grosses boucles d'oreilles de mamie. Un tailleur à carreaux avec de petits escarpins. Une fille BCBG qui doit avoir trente ans et serait plus à sa place dans un salon de thé à Versailles que dans un sous-sol de Nanterre. Elle a un nez long avec une petite bosse sur l'arrête, des yeux noisette un peu rapprochés quand elle a le visage de trois-quarts. Elle n'est pas très belle, elle a quelque chose d'un peu cassé mais transpire la grâce et l'eau de Cologne pour bébé.

« Vous acceptez ou pas ? demande la fille. Je n'ai pas de temps à perdre. C'est oui ou c'est non.
- Vous m'avez amené combien ?
- Dix mille. Et vous aurez dix mille de plus quand je viendrai pour régler le deal, si vous l'acceptez. »

Je ne sais pas de quoi il s'agit mais ce doit être un sacré truc pour risquer autant d'argent. Le Brochet a l'air un peu embarrassé.

« Vous savez, ça nous arrive de tuer sur gages de temps en temps, mais même si on ne se pose pas trop de questions déontologiques ... Enfin, là c'est bien la première fois qu'on me demande une chose pareille.
- Si c'est une question d'argent je peux m'arranger pour essayer de trouver plus.
- Non. L'argent ça va. C'est plus qu'assez. Mais tuer une jeune femme...
- Depuis quand les gens comme vous s'embarrassent de morale ?
- C'est rare, Mademoiselle. En effet, c'est rare. Vous êtes vraiment sûre de vouloir mourir ? »

Je pense que j'ai mal compris quelque chose. Cette conversation n'est pas pour moi. Je ne devrais pas entendre ça. Je n'étais même pas au courant, pour le département tueur à gages. Mais maintenant que je suis spectateur de cet échange lunaire, la case de mon cerveau destinée à l'incrédulité refuse de rester sur sa faim.

« Oui, certaine.
- Et vous n'avez pas songé à mettre fin à vos jours par vous-même ? Si vous voyez ce que je veux dire ?
- Si bien sûr, qu'est-ce que vous croyez ? J'ai envisagé toutes les méthodes et étudié les risques, mais statistiquement il y a toujours une probabilité d'en réchapper, si infime soit-elle. Si je viens vous confier ce travail, c'est que je veux être certaine qu'il soit bien fait. J'ai trop peur de me rater. »

La fille étrange fixe Le Brochet sans ciller. Elle attend une réponse à sa demande d'assassinat d'elle-même. Je crois que j'ai arrêté de respirer devant tant d'incohérence. Et la guirlande du sapin de Noël change de couleur, passe du rouge au vert. Le Brochet soupire, se tasse un peu dans son fauteuil et rassemble des papiers sur son sous-main.

« Bien, je vais examiner votre dossier et vous recontacter. »

On dirait un rendez-vous administratif où la fille aurait présenté un formulaire incomplet. Cette dernière tourne les talons, me lance un coup d'oeil dédaigneux avant de s'éloigner rapidement.

« Joseph ! » tonne Le Brochet en écartant les bras.

Il est sérieux ? Je ne vais certainement pas venir lui faire un câlin. C'est étrange, cet élan d'affection. Mon propre père ne m'a jamais fait cet accueil. Je n'ai pas l'habitude. Je reste de marbre, secoué de la conversation que je viens d'entendre. Je ne me souviens même plus de la raison de ma présence dans son bureau. La Fiat pourrie me revient à l'esprit en sentant les clés dans ma poche de pantalon.

« Merci pour votre cadeau mais c'est beaucoup trop, je ...
- Allez allez, me coupe-t-il. C'est rien du tout ça. Dis moi j'ai besoin de toi là, c'est très important.
- Je vous écoute.
- J'ai une livraison à te confier ce soir. Mais attention, il faudra prendre des précautions particulières.

- C'est à dire ?
- C'est un colis. Un petit colis, mais il faudra que tu prennes la voiture. Tu pourras pas cacher ça sous ton blouson. Je te filerai le double de d'habitude, mais tu dois être très prudent. Faut vraiment pas merder sur ce coup là. Tu vois ce que je veux dire ?
- Très bien.
- Voilà les infos. Regarde bien la photo. Imprimé ?
- Oui.
- Super. Jackson te donnera le paquet ce soir quand tu auras terminé ton service. »

Je sors du bureau sans avoir osé lui dire que j'ai la ferme intention de démissionner.

CHAPITRE 16

Je roule au ralenti. Le plus discrètement possible avec le moteur de la Panda qui tousse. Si je me fais choper avec cette plaque d'immatriculation qui ne ressemble à rien de connu je risque de très gros ennuis. J'ai monté à fond je chauffage qui ne marche pas. J'ai aussi chaud que je me sens gelé. Il est deux heures du matin et le ciel est dégagé. La pleine lune éclaircit la voie sans éclairage public dans laquelle je m'engage. Le ciel me fait même l'honneur de quelques étoiles. C'est la première fois que j'en vois aux alentours de Paris.

Je jette un coup d'oeil au colis posé sur le siège passager où de vieilles miettes rassies constellent les plis du tissu râpé. Cette livraison sera la dernière. Après ça j'arrête.

Je ralentis le long du grillage et coupe le moteur qui risque de rendre l'âme si je tire un peu trop dessus. Le dernier contrôle technique de ce véhicule a dû largement fêter son vingtième anniversaire.

Il y a une odeur bizarre qui ne vient pas de la voiture. Une odeur d'orage dans le ciel pourtant clair. Dans le rétroviseur, un type s'avance, d'une démarche nonchalante. Il se rapproche. Il est assez jeune, plus jeune que moi et porte une capuche. Je tourne la manivelle de ma vitre qui ne se baisse que de moitié. Le gars arrive à ma hauteur et m'adresse un regard curieux. Je m'empresse de lui tendre le paquet. Il me remercie et s'éloigne un peu plus rapidement qu'il n'est arrivé. Bon débarras.

Je fais demi tour en forçant sur la boite manuelle. Dire que j'avais la toute dernière Smart il y a encore deux mois. A la fin de ma manœuvre laborieuse, j'aperçois une silhouette dans le noir. Elle n'était pas là il y a trente secondes. C'est un mec qui attend.

C'est un mec qui attend le colis.

Je me suis trompé de destinataire. Ne me dites pas que j'ai fait ça !? Ne me dites pas que je me suis planté de personne parce que je ne suis pas physionomiste !!!

Je démarre aussi vite que le moteur le permet. Je tourne au premier virage en espérant regagner l'embranchement de la voie où j'ai effectué la mauvaise livraison, et retrouver le type un peu plus loin. Oui, il y a encore de l'espoir. Je fonce.

J'y suis. Je m'arrête à l'autre bout de l'allée bordée de grillage et j'attends. Personne ne vient. Les minutes s'écoulent. Je suis dans une merde noire. Il ne passera pas par ici. Il a pris le colis sans savoir ce que c'était en se doutant qu'il devait contenir quelque chose de juteux et a dû se faufiler dans une intersection le temps que je réalise mon erreur. Je suffoque. L'odeur de l'orage invisible me donne mal à la tête. J'ai besoin d'air pur et d'une clope.

Je sors de la Fiat et m'assois sur le capot qui s'affaisse. J'ai envie de pleurer. mon nez me pique à cause de cette odeur d'ozone.

L'atmosphère est chargée d'électricité. Les faibles sons de la nuit calme s'éteignent. Je n'entends plus les bruits environnants, comme si la panique m'avait rendu sourd. La lumière elle aussi commence à faiblir. De l'orage qui n'éclate pas. Je lève la tête. Et je tombe à terre.

Je me suis littéralement vautré sur le goudron. Je ne peux plus bouger. De ce que je vois là haut, mes muscles ne me répondent plus. Ce ne peut pas être vrai. Ça ne peut pas être réel. Et pourtant.

Pourtant une sphère immobile flotte dans les profondeurs du ciel. Un oeil géant, monstrueux, plus grand que la lune elle-même. Un oeil ouvert au milieu d'un vortex tournant sur lui-même dans l'infinité des cieux. Un oeil qui me regarde.

Une convulsion autorise mon corps à bouger. Je me tourne et vomis.

Je relève la tête. L'oeil est toujours là. L'oeil immense figé là haut.

Je me jette dans l'habitacle et démarre.

Tout au long du chemin, je ne lève pas les yeux. Je manœuvre en suffoquant. Ne lève pas les yeux. Je suis presque arrivé. Ne lève pas les yeux.

Mon Dieu qu'est-ce qu'il s'est passé ? Qu'est-ce que j'ai fait !?

*

L'appartement est plongé dans le noir. Greg doit dormir. Je fonce dans ma chambre et tombe raide sur le matelas.

CHAPITRE 17

Ces dernières quinze heures ont été les plus tendues de toute une vie. Je suis bien conscient que je risque d'avoir d'énormes ennuis. Des ennuis incommensurables. Je ne sais pas si mon erreur a été démasquée ou non. S'ils savent que j'ai livré le colis à la mauvaise personne ou pas encore. Je n'ai ni mangé ni dormi et je dois me rendre chez Le Brochet à dix-sept heures pour récupérer mon enveloppe. Je vais faire comme si de rien n'était, prendre mon fric et ne jamais revenir. Dans le doute, j'ai roulé tout mon cash dans un élastique et je l'ai planqué dans la Fiat. Je ne sais pas ce qu'il va advenir de moi dans les prochaines minutes. J'ai des crampes au ventre à hurler de douleur. Pas une seconde de ma vie n'a jamais été aussi bancale qu'en cet instant.

Jackson me salue de son même air impassible en m'ouvrant le bureau du Brochet. Impossible de lire sur son expression si mon erreur a été démasquée. C'est maintenant, le moment de vérité.

« Joseph ! » s'exclame Le Brochet.

Mon coeur n'a jamais battu aussi fort. J'attends la suite.

« Tiens, voilà ton fric ! Ça va pas mon petit ? T'es tout blanc !
- Non non, ça va. Merci. »

Je vais défaillir. Rien pour l'instant. Rien.

« Va retrouver Lancelot dans le parking maintenant, il a un travail pour toi à faire tout de suite.
- Entendu. »

J'aimerais prendre la tangente tout de suite mais si je fais ça je vais éveiller les soupçons. Je traverse le dédale sombre jusqu'au parking. Lancelot m'accueille. Il a quelque chose de changé mais je ne sais pas vraiment quoi. Tout ce qui m'importe vraiment est qu'il me tape dans la main, tout sourire.

« Ça va mon pote ?
- Tranquille.
- Cool. Bon j'ai un truc à te demander, moi faut que je file, j'ai pas le temps.
- Dis moi. »

Je recule d'un pas. Ça y est, c'est la fin. Il a un flingue dans la main. Jésus Marie Joseph, pardonnez-moi d'avoir été un connard, j'arrive.

Pablo sourit toujours. Il tient l'arme bizarrement. On dirait qu'il me la tend. Il éclate de rire.

« Ah ah tu verrais ta tête !
- Ouais. Ah Ah … »

Je ne comprends plus rien.

« C'est un silencieux, dit-il. Fais y attention, j'y tiens. Tu me le rendras quand t'auras fini.
- Quand j'aurais fini quoi exactement ?
- La fille qui veut être exécutée. Elle attend dans le box à côté. On a mis des bâches pour pas que ça fasse de tâches. Elle fait une prière ou

je sais pas quoi avant de mourir, bref. Je compte sur toi pour faire ça proprement.
- Ok ça marche.
- Allez » m'encourage Lancelot avant de me tourner le dos.

Alors qu'il se retourne je comprends ce qui a changé. Il porte une casquette à l'envers. Une casquette rouge Dragon Ball qui a bien vécu. Il porte la casquette de Pablo. J'ai un flingue dans la main. Pablo n'est jamais allée en Bretagne. Mon Dieu …

Il faut que je parte. Et maintenant.

« Hé ! »

Une main me retient par la manche. C'est la fille à tailleur à carreaux qui était dans le bureau du Brochet. La fille que je suis sensé exécuter. Elle n'est pas contente.

« Qu'est-ce que vous faites ? crie-t-elle. Vous partez !? »

Sa voix cassée résonne dans le parking. Elle va me faire prendre. Je lui fait signe de baisser la voix.

« Vous êtes sensé me tirer une balle dans la tête, dit elle sévèrement à voix basse.
- Oui oui bien sûr, je vais le faire.
- Quand ça !? Je suis prête moi ! »

Quelle tuile ! Pourquoi ça m'arrive à moi !?

« Bon… bah… dans pas longtemps. Ne vous inquiétez pas. Venez avec moi.
- Venir où ? Votre collègue a tout bâché pour pas faire de bazar.
- Faites moi confiance, je vais vous exécuter, venez ! »

Je ne la laisse pas réfléchir, je l'attrape par la main et l'entraine avec moi dans le couloir. Je ne la lâche pas. Elle suit sans trop de résistance, chaussée de grandes bottes en cuir à talons plats. A l'extérieur, le ciel commence à se couvrir. Galant malgré l'urgence, je lui ouvre la portière passager de la Panda.

« Montez.
- Ce n'est pas ce qui était prévu.
- Je sais. Je vais faire ça plus tard. Je vous le promets. Montez maintenant ! »

Elle obtempère en soupirant et attache sa ceinture. Je me rue derrière le volant sans attacher la mienne. Et je file aussi vite que possible. Je ferai sortir ma passagère quand je serai assez loin et la laisserai sur la route. Elle reste silencieuse jusqu'au périphérique. Si toutefois elle me parlait je ne pourrais pas répondre tout de suite, concentré que je suis sur ma fuite. Je dois à la fois échapper à la mafia et au paranormal et je suis coincé dans les embouteillages. Compliqué comme course-poursuite.

Mais ma passagère est sage. Elle est juste contrariée. Elle fouille dans son sac à main et allume une cigarette. Je tends la main pour en réclamer une. Elle m'allume une Marlboro qu'elle me tend d'un geste nonchalant et je manque de me brûler.

Porte d'Orléans. Nous sommes totalement à l'arrêt et le jour est tombé. Foutue grève. La fille a rallumé une clope avec le mégot de la dernière. Le conducteur de la voiture d'à côté me regarde avec insistance. J'enfonce l'accélérateur dès que le trafic retrouve un semblant de fluidité. Je dois m'éloigner. Partir à tout prix. Le temps que les choses se calment.

Enfin j'ai atteins l'autoroute A6. La circulation est moins dense. Au bout d'une vingtaine de minutes, je peux enfin rouler à allure normale.

« Quand est-ce que vous allez me tuer ? » demande la fille.

Je suis bien embarrassé. Je ne peux clairement pas la laisser sur l'autoroute à la nuit tombée. Qui ferait une chose pareille ? Elle n'a plus l'air fâchée. Juste triste. Alors je mens pour lui faire plaisir.

« Bientôt, je vous promets, bientôt.
- D'accord.
- Pourquoi vous voulez mourir ?
- Ça ne vous regarde pas.
- Je ne connais même pas votre nom. C'est la moindre des politesses, avant de tuer quelqu'un.
- Je m'appelle Suzy.
- Suzy pour Suzanne ?
- Non, juste de Suzy. Suzy de Vandenesse, pour mon nom complet.
- Enchanté Suzy.
- Et vous ? Comment vous appelez-vous ?
- Joseph Lepage.
- Et vous en faites souvent, des meurtres ?
- Pas tellement, je débute.
- Vous avez tué combien de personnes ?

- Quelque unes, pas beaucoup.
- Et récemment ?
- Pas plus que deux ou trois.
- Ça s'est bien passé ?
- Super. Bon, il faut que je me concentre sur ma conduite. Cette voiture est difficile.
- Vous voulez que je prenne le volant ?
- Je ne sais pas où on va.
- Moi non plus du coup, dit-elle. Vous ne savez pas ce que vous faites ?
- Vous pouvez me tutoyez, vous savez.
- C'est gentil merci mais non. Je préfère que cela reste professionnel. »

*

Je quitte l'autoroute dès que nous franchissons les limites franciliennes. Je roule au hasard des départementales que la Panda supporte mieux. Enfin je commence à respirer. Suzy garde un silence contrarié. Nul besoin de la connaître personnellement pour comprendre qu'elle est profondément déprimée. Un drôle de bruit retentit sous le capot. Un diner américain en préfabriqué surplombe le parking d'un magasin de bricolage annonçant des promotions.

« Il faut que la voiture se repose un peu, je dis. Vous avez faim ? »

Nous sommes les seuls clients. Suzy a dévoré son cheeseburger et mange à présent ses frites avec les doigts, une par une. Elle tranche les extrémités avec ses dents et les laisse sur le bord de l'assiette pour ne manger que le moelleux du milieu. Elle a mangé plus vite que moi. Je n'en suis qu'à la moitié de mon club sandwich.

« C'est bon ? je demande.
- Pas mal, dit-elle en s'essuyant la bouche dans une serviette en papier râpeuse.
- Votre famille ne vas pas s'inquiéter de ne pas vous voir ? »

Elle toune la tête et regarde dehors où il n'y a rien à regarder.

« Suzy, pardonnez ma curiosité, mais j'aimerais vraiment savoir pourquoi vous souhaitez mourir. »

Elle soupire, et repose la serviette en boule sur une tâche de Coca. Elle observe le liquide brun imprégner la serviette et disparaître de la surface en Formica.

« Je fais des cauchemars, dit-elle tristement sans lever les yeux de la tâche.
- On fait tous des cauchemars. Personne ne se suicide pour des cauchemars. C'est pour de faux.
- Tout le monde fait des cauchemars. Mais pas les miens.
- Vous avez quel âge ? Vingt-huit ans ?
- Non, trente-trois.
- Vous avez donc survécu jusqu'à trente-trois ans. Pourquoi ne pas continuer ?
- Je n'en faisais pas avant. Mais j'avais des crises d'angoisse, j'en ai toujours eu, depuis l'adolescence. J'avais appris à les maîtriser avec les années mais elles se sont accrues,

jusqu'à devenir insupportables, délirantes. Et les cauchemars sont arrivés.
- Mais il y a eu un élément déclencheur ?
- Oui.
- Alors qu'est-ce qu'il s'est passé ?
- Si je vous le dis, vous ne me croirez pas. Vous allez me prendre pour une dingue.
- Je vous prends déjà pour une dingue, vous n'avez rien à perdre. »

Elle hausse les épaules et rassemble les miettes vers le centre de la table. Puis elle parle très vite.

« Des gens de mon travail sont rentrés dans ma tête pendant un voyage d'entreprise. Depuis je fais des cauchemars. Vous ne pouvez pas vous imaginer leur atrocité, et je ne vous les raconterai pas. Je veux juste mourir pour que ça s'arrête. Vous ne pouvez rien faire pour moi. »

Elle a raison, je ne peux rien faire pour elle. Elle est complètement frappée, sa place est dans un institut spécialisé.

« D'accord, je dis. Mais je trouve ça dommage. Il doit bien y avoir une solution pour faire sortir ces personnes de votre tête. Si vous mourez maintenant, vous ne pourrez même pas essayer. Si vous mourez, vous n'aurez aucune occasion de profiter d'une vie sans cauchemars. »

Qu'est-ce que je raconte moi ? Ça ne va pas du tout. Je crois que le monde a perdu son sens. Et Suzy a perdu le sien depuis longtemps.

CHAPITRE 18

La lumière de la lune baigne le parking de l'hôtel. Il n'y a pas d'autre voiture que la notre. J'ai payé en liquide le réceptionniste qui dormait à moitié lorsque nous sommes arrivés. Il n'a pas demandé de pièce d'identité.

Suzy dort sur l'un des deux lits séparés. Elle ne voulait pas aller à l'hôtel.

« J'ai rien, pas d'affaires, pas de pyjama. Juste une brosse à dents pliable que j'ai toujours dans mon sac. Je vous rappelle que j'étais partie pour mourir, à la base ! »

Je lui ai promis qu'on verrait ça demain, qu'il fallait que je dorme et la voiture aussi. Je m'allonge sur le lit dur, le flingue sur ma table de chevet. Sur le lit d'à côté, Suzy remue. Dans l'obscurité, elle se retourne plusieurs fois sur son matelas. Des râles s'échappent de sa gorge.

« Non, non, dit-elle. Non non non non non non. »

Son visage se crispe en même temps que ses mains. Elle secoue la tête et applique ses mains sur ses oreilles.

« N'approchez pas. Non non non ! »

Elle serre les dents, s'agite et sanglote. Si c'est à ce point toutes les nuits, je comprends son désespoir. Impossible que dormir avec le boucan de ses cauchemars. Je saisis mon téléphone et recherche l'hôpital psychiatrique elle plus proche. La géolocalisation m'indique que nous nous trouvons quelque part au centre de l'Yonne. Je ne m'étais même pas demandé où j'étais. Il y a un hôpital près d'Auxerre, la ville moyenne la plus proche d'ici. L'itinéraire annonce trente minutes de route. Demain, je lui ferai croire ce qu'elle a envie d'entendre. Puis je la déposerai devant les urgences avant de filer je ne sais où tourner en rond quelques temps.

Suzy s'est calmée, son oreiller trempé de sueur et de larmes. Elle respire profondément. Je ferme les yeux.

Une voiture s'arrête sur le parking. Je me relève à moitié endormi. Il est trois heures du matin. Un gars seul sort d'une Audi. Un homme épais au crâne chauve qui ressemble à ...

« Oh mon Dieu ! »

Je me jette sur Suzy et la secoue.

« Suzy ! Suzy, réveillez-vous !
- Quoi !? fait-elle en sursautant, effrayée.
- Il faut partir, vite !
- Je suis où ?
- Avec moi. Venez, dépêchez-vous ! »

Elle obéit, un peu amorphe, se lève toute habillée et enfile ses bottes. J'attrape son sac à main et le flingue sur la table. Un rapide coup d'oeil sur le parking. Il n'y a personne. Jackson est en train de monter.

« Vite, vite ! »

Je la tire dans le couloir et lui envoie son sac. Personne pour l'instant.

« La sortie de secours, là ! »

Jackson va sans doute prendre l'escalier principal ou l'ascenseur minuscule, persuadé que je dors. Nous dévalons les marches. Jusqu'au rez-de-chaussée et franchissons le local de sécurité. J'ouvre la porte sur la nuit calme.

« Suzy, vous voyez la voiture ?
- Oui.
- Je vais compter jusqu'à trois. A trois, on court tous les deux le plus vite possible pour entrer dans la voiture. D'accord ? »

Elle acquiesce, l'air blasé. Elle n'a peur de rien, et c'est normal. Elle est plus horrifiée par ses cauchemars que par le monde réel mais moi je suis à la limite de me pisser dessus.

« Salut Joseph. Ça va chier un max pour ta tronche. »

Il est derrière nous, à l'angle du bâtiment. Jackson n'a jamais prononcé une phase aussi longue. Ça va vraiment *chier un max*. J'entends sa forte respiration nasale, une respiration de taureau avant de charger. Il n'est jamais monté dans l'hôtel. Il a compris que je descendrai par la sortie de secours quand il m'a vu à la fenêtre. Pas le temps de réfléchir, je tire. Je ne sais pas viser mais je tire sans rien voir. Je le vois détaler à l'angle du mur.

« Suzy ! Dans la voiture ! Maintenant ! »

Je me rue derrière le volant. Le moteur crache et démarre. Dans ma panique, j'aperçois une traînée de sang là où se tenait Jackson il y a moins d'une minute. Est-ce que je l'ai tué !?

J'enfonce l'accélérateur. Le temps d'une interminable minute, l'enseigne de l'hôtel minable disparait du rétroviseur. Aucun véhicule jusqu'ici ne nous suit.

« Suzy, donnez-moi votre téléphone.
- Pourquoi faire ?
- Donnez le moi ! »

Elle me tend son iPhone. J'ouvre ma portière en pleine accélération et jette son téléphone sur le bas-côté, puis le mien.

« Qu'est-ce que vous faites !? s'écrie Suzy.
- C'est comme ça qu'ils nous ont retrouvés. On ne pouvait pas les garder. »

Je longe une route isolée dans la forêt qui semble sans fin. La Panda fait un bruit du tonnerre dans la nuit calme. Je ralentis, tourne et m'enfonce aussi loin que je le peux entre les arbres. Je coupe le moteur.

« On va devoir dormir ici. »

Suzy ne répond pas, elle se contente de regarder loin devant elle parmi les ombres de la forêt. Ce n'est plus qu'une simple supposition. Je n'ai jamais été à ce point dans la merde.

CHAPITRE 19

J'ouvre les yeux. Il fait gris sur la forêt qui luit de rosée. Et terriblement froid. Je m'étire, courbaturé sur le siège conducteur. Suzy dort encore, recroquevillée dans son manteau sur la banquette arrière étroite. J'ai à peine osé incliner mon siège de peur qu'elle manque de place. La faim oubliée avec les évènements d'hier me tenaille le ventre.

Je n'ai pas le coeur à réveiller Suzy qui semble avoir un sommeil paisible en cet instant. Je vais essayer de rouler le plus doucement possible, elle se réveillera en route.

Je tourne la clé de contact. Le moteur rugit puis s'arrête. Merde. Je recommence.

« Allez » je dis tout haut.

Un hurlement mécanique encore plus fort. Puis plus rien. Non c'est pas vrai. A la troisième tentative, la Fiat émet un râle d'agonie.

« Merde ! »

Je frappe le volant des deux mains.

« Merde ! Merde ! Merde !

- Qu'est-ce qui se passe ? demande Suzy qui s'est redressée à l'arrière.
- Je crois qu'on est en panne.
- Quoi ? ».

Un claquement de portière. Suzy a disparu de la plage arrière et remonte sur le siège passager, frigorifiée.

« On est en panne, Suzy. En panne au milieu de nulle part et sans téléphone. »

Suzy cligne des yeux pour se réveiller. Elle n'est pas énervée. Je la trouve bien trop calme pour être honnête.

« Bon, dit-elle. L'heure est venue, je pense. Allons-y.
- Comment ça ?
- L'heure du contrat, dit-elle en entrouvrant sa portière.
- Suzy ...
- Oui ?
- Je ne vais pas vous tuer. Je n'ai jamais eu l'intention de le faire. Je n'ai jamais tué personne. Enfin j'ai peut-être tué quelqu'un cette nuit sans le vouloir, je ne sais pas. Mais je ne suis pas tueur à gages. Je suis désolé. »

Suzy pâlit, son visage se congestionne d'une colère contenue.

« Très bien, hâche-t-elle sèchement. Je vais faire ça moi même. »

Avant que je n'aie le temps de comprendre le sens de ces mots, elle s'empare du silencieux posé près du frein à main et sort de la voiture.

« NON ! je hurle »

Je m'éjecte du véhicule en panne. Suzy a couru quelques pas sur les herbes mouillées. Elle applique le canon sur sa tempe.

« Suzy STOP !!! »

La balle est partie. Elle s'est logée dans une souche d'arbre tandis que je maintiens Suzy au sol. A moins d'une seconde elle avait le crâne explosé. Suzy se débat. Je lui attrape les poignets.

Elle me griffe, m'assaille de coups de genoux et de coups de pieds.

« Lâchez moi !!! Laissez moi partir ! Personne ici n'a besoin de moi ! J'alourdis ce putain de monde de rats !!! »

Je la libère et me précipite avant elle sur l'arme qui git sur une colonie de champignons. Je tire en l'air. Une balle. C'était tout ce qu'il restait.

Hors d'elle, Suzy se jette sur moi. Je pare comme je peux ses coups de poings hasardeux, j'ai peur de lui faire mal. J'entends un véhicule approcher pour la première fois depuis mon réveil. J'abats mes mains sur les épaules de Suzy. Je la secoue.

« Stop ! Il y a une voiture !
- Connard », conclut-elle en réajustant son tailleur débraillé.

Je me précipite sur le ruban de goudron et agite les bras. Une camionnette cabossée blanche ralentit. Le conducteur s'arrête sur le bas côté et sort de son utilitaire. C'est un type en survêtement d'une bonne vingtaine d'années un peu gringalet coiffé d'une coupe mulet. Plusieurs brillants ornent ses oreilles décollées. La tête d'un Donald Duck tatoué dans son cou dépasse du col de son pull. Il opère une drôle de grimace en apercevant la Fiat Panda stationnée entre les arbres, découvrant des dents en argent sur les côtés.

« Bonjour Madame, lance-t-il à Suzy.
- Bonjour Monsieur, dit cette dernière d'une voix mondaine en sortant de la forêt.
- Vous êtes en panne, me dit l'inconnu. »

Il a un bégaiement très léger, presque imperceptible.

« Oui, bonjour. En effet. Je n'arrive plus à démarrer.
- J'aime bien cette voiture. J'aime les années quatre-vingt dix. On avait le Club Dorothée. J'ai toujours voulu être membre, mais on ne m'a jamais inscrit. On pouvait avoir son nom sur le générique.
- Ah ...
- Je vais jeter un oeil à votre voiture », fait-il sans aucune transition.

Suzy lui adresse un sourire charmant avant de me fusiller du regard tandis que le garçon ouvre le capot de la Fiat en sifflant. Il examine la mécanique sans poser de questions. Je ne saurais pas répondre de toute façon. La voiture n'est pas à moi, je ne la conduis que depuis deux jours. Et lorsque je rencontrais un problème mécanique, je confiais directement mes anciennes voitures à un garage. Je n'y connais rien.

« Ah ouais, dit le jeune homme. Je vois. C'est la merde. Je peux vous réparer ça, mais j'ai pas le matériel sur moi. Si vous êtes pas pressés, je vais chercher ce qu'il faut et je reviens.
- Ce serait formidable si vous pouviez faire ça.
- Je vous promets rien mais ça devrait remarcher. J'aime bien réparer des trucs. J'ai réparé une canalisation récemment. Et une chaise en paille. Je sais aussi rembourrer les canapés. Vous m'attendez ?
- Oui. »

C'est pas comme si on avait le choix. Où est-ce qu'il croit qu'on va aller à pieds en panne dans les bois ?

« Je reviens, dit-il en montant dans sa camionnette.
- C'est très gentil de votre part, à tout de suite.
- Je m'appelle Jordan », précise-t-il avant de démarrer et disparaître.

*

Mon estomac se tord de douleur. Suzy n'a pas ouvert la bouche depuis que Jordan est reparti il y a plus de deux heures. Aucune voiture n'est apparue depuis.

« Je crois que ce Jordan se foutait de nous. On est tombé sur l'idiot du village. »

Suzy ne répond pas. Elle allume sa dixième cigarette. Le paquet qu'elle a dans son sac est une vraie corne d'abondance.

« Il va falloir qu'on parte à pieds avant que le soir tombe. Je ne vais plus pouvoir tenir sans manger.
- Fais ce que tu veux mais fous moi la paix.
- On se tutoie maintenant ?
- Ta gueule. »

Je ne sais pas si cela s'interprète comme un progrès.

Un bruit de klaxon retentit. Enfin quelqu'un. Je sors de la Fiat sans plus de forces dans les jambes. Jordan apparaît dans la lumière des phares, des outils à la main.

« Désolé, j'ai mis un peu de temps, annonce-t-il. J'ai du faire plusieurs détours pour récupérer le matériel. J'avais prêté un de mes outils à une copine qui n'était pas chez elle, alors j'ai dû attendre qu'elle rentre. J'ai joué avec un chien en attendant, il s'appelle Naruto, c'était marqué sur sa médaille. Et après ma copine est revenue donc c'est bon, j'ai tout ce qu'il faut ! »

Suzy profite du chauffage de la camionnette de Jordan dont les feux éclairent notre épave tandis que ce dernier s'affaire la tête dans le moteur. Elle a même eu droit à des Petits Ecoliers et m'en a cédé un du bout des doigts. Je reste à côté de notre mécanicien, frigorifié. La nuit est complètement tombée.

Jordan relève le nez au bout d'une demie-heure de suspense.

« Voilà, dit-il. On va la tester, elle devrait démarrer. Mais après ça, il ne faudra pas trop la forcer. Si le moteur fatigue, il faudra la laisser reposer quelques heures. »

Jordan tourne la clé. Et la ruine démarre dans un vrombissement de victoire maladif.

Suzy s'installe et s'allume une cigarette avec le mégot de la précédente.

« Tu ne veux pas plutôt une seringue ? Je demande.
- Partons d'ici » dit-elle le visage fermé.

CHAPITRE 20

Je fais défiler les départementales jusqu'à ce que la voiture commence à protester. Cela n'a pas tardé.

« Allez, tu peux le faire.
- A qui tu parles ? demande Suzy.
- A la bagnole.
- Tu crois qu'elle t'écoute ?
- Tu veux encore passer la nuit en bord de route ? Je veux m'arrêter là où il y a de la lumière. »

Affamé, je grince une prière silencieuse entre mes dents. Un grondement d'orage me répond. De grosses gouttes, s'écrasent sur le pare-brise.

« Là, me dit Suzy après un quart d'heure de torture. Il y a de la lumière. »

J'actionne bêtement le clignotant qui ne marche pas et m'engage dans une petite zone commerciale. Je m'empresse de couper le moteur sur le parking avant de lever les yeux sur le paysage industriel brouillé de pluie. L'enseigne aguicheuse d'un karaoké aux néons couleur arc-en-ciel clignote dans la nuit. A côté, une station service encore ouverte, puis une boulangerie, un vendeur de voitures d'occasions et un magasin d'articles de jardinage, tous fermés. Nulle part où dormir.

Je fais le plein de la Fiat et rejoins Suzy en courant dans la station service. Suzy attrape un tube de dentifrice sur le rayon hygiène réduit au strict minimum. Elle me montre le karaoké de l'autre côté.

« Je vais aller faire ma toilette là-dedans.
- Dans un Karaoké ?
- Tu as une meilleure idée ? On peut passer la soirée là bas, au moins jusqu'à la fermeture. On sera au chaud, et on pourra sûrement manger quelque chose. »

Le caissier nous épie derrière son comptoir. Je ne sais pas comment l'interpréter. Je pense que c'est parce qu'il trouve Suzy jolie. J'espère que c'est ça. J'espère qu'il n'y pas un portrait robot de moi qui circule dans les environs pour avoir buté un mec sur le parking d'un hôtel de la région. J'attrape le journal local au moment de payer et le feuillette rapidement. Rien pour le moment.

Nous pénétrons les lieux comme des cow-boys, avec un regard circulaire alentour. La salle, très vaste aux couleurs mauves, n'est qu'à moitié pleine. La clientèle principale de ce soir est constituée de ce qui ressemble à un séminaire provincial en goguette. Il y a une poignée de jeunes gens au bar, et quelques vieux qui dînent dans l'espace restaurant. Sur la scène, un duo de jeunes filles s'égosille sur une chanson de Lady Gaga. L'endroit est bruyant mais il fait chaud. C'est peu de choses dit comme ça, mais lorsqu'on a passé la nuit dans une voiture en pleine forêt, on remet ses occasions de se réjouir en perspectives.

J'imite Suzy qui se dirige vers les toilettes et me rends chez les hommes. C'est grand et propre. Un coup d'oeil dans les miroirs me renvoient une image de ruine. Tous mes épis se sont dressés sur ma tête. J'opère une rapide toilette avec les articles achetés à la station essence. Je me brosse les dents, me lave le visage et m'enduit de déodorant de plouc à l'odeur outrageusement musquée.

Je sors de là avec une illusion de fraicheur et m'assieds sur une banquette. Suzy me rejoint dans les minutes qui suivent, recoiffée et légèrement maquillée. Je ne l'ai pas attendue pour commander, mais lorsque nos hamburgers arrivent, elle se jette dessus sans m'en tenir rigueur.

Les heures passent sans que nous bougions d'un cil sur cette banquette. Il est plus de minuit. Je ne sais pas à quelle heure l'établissement ferme, mais j'espère le plus tard possible. La pluie au dehors est monstrueuse, on peut l'entendre cogner sur le toit du bâtiment bas, en sentir les vibrations malgré la musique.

Les prestations des clients s'enchaînent sur l'estrade. Un couple de retraités a entonné Sinatra les yeux dans les yeux en chantant en yaourt. L'un de leurs amis a littéralement hurlé une chanson de Johnny. Un jeune homme a exalté la salle dans une reprise très juste du Mexico de Luis Mariano.

Cinq types du séminaire investissent la scène et les premières mesures de *Blurred Lines* pulsent dans les enceintes. La salle entière se lève et se trémousse. Les collègues restés spectateurs montent sur les tables pour se déhancher verre à la main. La plupart ont tombé la veste et le plus téméraire d'entre eux a noué sa cravate sur son crâne dégarni. Bras en l'air dans les chemisettes et bonds de joie collectifs. En bon parisien mesquin j'émets un petit rire moqueur malgré moi. Au moins ce spectacle pathétique va remonter le moral de ma partenaire de cavale que rien ne semble pouvoir faire sourire. Je lui crie dans l'oreille.

« Regarde ça ! La vie vaut bien d'être vécue non ? »

Pas de réaction.

« Suzy ? »

Je m'écarte pour la voir de face. *I know you want it …* Suzy ne bouge pas d'un cil. *I know you want it …* On dirait qu'elle ne respire pas, tout sont corps s'est raidi et crispé. *You're a good giiiirl …* Ses yeux marrons exorbités, paralysés sur les fêtards en afterwork. Un rictus horrifié lui déforme le bas du visage et ses yeux virent soudain au blanc.

« Suzy !! Suzy qu'est-ce qu'il y a !? »

Je tourne son visage vers le mien et sens ses muscles résister. Je vois de nouveau la couleur de ses yeux ahuris, vivants. Puis elle avale l'air, avidement, reprend ses esprits. Sans transition, elle éclate en sanglots.

« Qu'est-ce qu'il s'est passé Suzy ? Tu as fait un cauchemar ? »

Elle secoue la tête pour toute réponse, cachant son visage dans ses mains derrière un rideau de cheveux.

« Suzy, dis moi ce qui ne va pas.
- Je ne peux pas, parvient-elle à articuler. Je ne peux pas te dire ce que j'ai vu. Ni ce que j'ai entendu. *Je les ai entendus.* Ils sont sortis de mes cauchemars, ils *étaient là* ! »

Je défais ma veste et la lui pose sur les épaules. Il n'y a rien d'autre que je puisse faire. Je passe mon bras autour d'elle et pose sa tête sur mon épaule. Elle ne bouge plus, calmée mais encore effrayée. Elle a fermé les yeux. Je garde les miens ouverts sur les gens qui dansent. Et quelque part, moi aussi, je suis effrayé.

*

« Excusez moi, Messieurs Dames, nous allons fermer.
- Bien, merci. »

Je m'en doutais. La musique avait progressivement baissé, la salle s'était considérablement vidée. Je suis resté assis là, Suzy contre moi, à gagner le plus de temps possible sur la nuit à passer dans la voiture. Il est deux heures du matin.

J'aide Suzy à se lever. Elle se frotte les yeux, un peu chiffonnée. Elle avance dignement, beaucoup plus dignement que moi vers la pluie battante de la sortie.

Abrités sous son manteau tendu au dessus de nos têtes, nous traversons le parking détrempé. Une voix masculine nous interpelle.

« Oh ! Mais c'est vous ! Incroyable ! s'exclame Jordan, notre mécanicien improvisé.
- Alors ça oui, vraiment le monde est petit. »

Jordan est sorti du Karaoké avec un simple sweat à capuche jaune fluo. Un peu plus loin, une bande de jeunes de son âge lui adresse des adieux alcoolisés avant de s'éloigner.

« Vous avez passé la soirée là ? je demande. Je ne vous ai pas vu.
- Ouais, j'étais avec mes copains vers le fond. Mais on a pas chanté, juste picolé. Je ne sais pas chanter alors j'évite. Mais si je pouvais, je chanterais tout le temps, comme Pavarotti ou Billy Crawford.
- D'accord. Rentrez bien alors.
- Et vous ?
- Et nous quoi ?
- Vous rentrez aussi ?
- Bien sûr. »

Jordan lance un coup d'oeil vide à la voiture, puis à Suzy qui n'a pas desserré la mâchoire.

« Vous allez où ? »

Je reste muet. La vérité est au-dessus de mes forces.

« Nulle part, tranche Suzy. Nous n'allons nulle part.
- Ah ok ... » conclut Jordan en observant la pluie éclabousser ses baskets.

Il renifle, regarde le ciel, sa camionnette et de nouveau ses chaussures tandis que j'ouvre la portière de la Fiat à Suzy.

« Merci encore pour les réparations, je lance en m'asseyant.
- Je peux vous héberger si vous ne savez pas où aller.
- Comment ?
- Je dis que vous pouvez venir dormir dans mon domicile. C'est pas très loin d'ici. C'est un endroit où on se sent bien. »

Je consulte Suzy du regard.

« C'est une bonne idée, chuchote-t-elle.
- Mais on le connaît à peine.
- On n'en est plus là, Joseph. Tu ne crois pas ? »

Jordan attend ma réponse, totalement trempé.

« D'accord. C'est très gentil de votre part.
- Alors en route. »

Les essuie-glaces grincent comme de vieilles sorcières sur les routes communales. Je suis attentivement la camionnette de Jordan sur des routes de plus en plus isolées. Jordan s'arrête soudain au milieu de nulle part. J'avance à son niveau et baisse ma vitre.

« On est presque arrivés, annonce Jordan. Mais juste un truc avant.
- Oui ?
- Il ne faut pas que ma Tatine vous voit.
- Que ... de quoi ??
- Tatine, c'est ma mamie. Il faut garer votre voiture dans l'allée et rentrer discrètement

avec moi. Sinon elle risque de sortir son fusil. Elle entend pas bien et elle a peur des gens qu'elle connaît pas. »

J'ai brusquement envie de faire-demi tour. D'autant que je vois une lueur étinceler dans les yeux de Suzy. Je ne laisserai pas ça arriver.

« Entendu, je dis. Nous serons discrets. »

Alors que nous parcourons une allée les pieds dans la boue, une vieille dame nous attend avec un fusil sur le perron d'un minuscule château rabougri qui a connu des jours meilleurs.

« Tatine ! crie Jordan de loin. Tatine ne tire pas, c'est moi ! Je suis avec des amis.
- Comment !?
- Sois gentille, baisse ton fusil !
- Ah bon. »

La grand-mère de Jordan obéit alors que nous gravissons les marches jusqu'à elle. Elle porte un chignon blanc négligé, une chemise de nuit et des bottes en caoutchouc sur ses jambes maigres.

« Bonsoir Madame, Je m'appelle Suzy. Et voici Joseph.
- Je les ai invités à passer la nuit ici, explique Jordan à Tatine qui nous scrute de la tête aux pieds. Ce sont des gens de grande qualité.
- Vous êtes un couple marié ? demande-t-elle.
- Oui, je réponds, dans le doute.
- Alors entrez. Jordan va vous installer. Moi je retourne dormir. Bonne nuit.
- Merci Madame, c'est vraiment aimable à vous et ... »

Tatine a déjà disparu, engloutie par un raccourci dans le vestibule.

« Elle est fatiguée, excusez la, dit Jordan. Elle a quatre-vingt-quatre ans vous savez. Je vais vous trouver une chambre, suivez moi.
- Merci encore, Jordan, dit Suzy. Merci mille fois.
- Avec plaisir, Madame.
- Vous pouvez m'appeler Suzy.
- D'accord Madame. Voilà c'est en haut. »

Nous grimpons un escalier un peu raide. Les murs en pierres apparentes sentent l'humidité. Jordan nous fait traverser un couloir donnant sur des pièces rongées et défraîchies où résonne l'eau des fuites dans des bassines en ferraille, certaines pièces sont carrément vétustes, et d'autres à l'inverse complètement rénovées. Jordan nous ouvre la porte d'une pièce en entredeux. Le mobilier est hors d'âge mais le papier peint a seulement une quarantaine d'années. Le lit est fait et propre. Quelques piles de vieux magazines sont entassées près du radiateur qui fait du bruit.

« Il y a des vêtements dans le placard si vous voulez, nous dit Jordan en ouvrant une armoire normande. Ils sont super vieux, mais ils sont propres. Je ne sais pas forcément à qui ils ont appartenu. Probablement à des gens divers et variés qui sont morts pour la plupart. Mais il sont en très bon état, vous pourrez le constater. Vous pouvez vous servir si vous n'avez rien à vous mettre.
- C'est gentil, merci Jordan. Merci, vraiment.

- Si vous avez besoin de quoi que ce soit, je suis au fond du couloir. Bonne nuit. »

Suzy s'est endormie en moins de deux minutes dans une chemise de nuit mille fois trop grande dénichée dans le placard. Elle dort paisiblement à la lueur d'un abat-jour poussiéreux. Je m'assois à côté sur le lit, prêt à la réveiller si elle venait à faire un sale rêve. Je baille mais je n'ai pas vraiment sommeil.

J'entame la montagne de vieux *Télé Loisirs* par le sommet. De quoi tenir jusqu'à l'aube.

CHAPITRE 21

La pluie s'est tue au petit matin. Un léger brouillard survole les herbes mal taillées du carré de terrain bordé de bois épais. Suzy et moi sommes descendus vêtus de fringues hors d'âge que Suzy porte beaucoup mieux que moi.

La grand-mère de Jordan écoute la radio dans la cuisine. Une table est dressée pour le petit déjeuner avec deux couverts qui n'ont pas servi.

« Mangez, les enfants, dit-elle en se levant lorsque nous la saluons.
- Jordan dort encore ? demande Suzy.
- Il est parti travailler. Il reviendra tout à l'heure. Vous avez bien dormi ?
- Merveilleusement bien, répond-elle pour nous deux.
- Parfait. Servez vous, j'ai fait des brioches. »

Tatine reste debout à nous regarder, les mains dans les poches de son tablier fleuri tandis que nous mangeons. C'est bizarre. Et gênant. J'ai du mal à avaler la nourriture, la gorge un peu sèche, mais Suzy, nullement embarrassée, mange avidement.

« Jordan m'a parlé de vous, dit la vieille dame.
- Ah oui ? je dis la bouche pleine.
- Oui. Il dit que vous êtes de braves gens.
- C'est très gentil de sa part.
- Il n'y a pas beaucoup de braves gens.

- Non, pas trop.
- Vous pouvez rester avec nous le temps que vous voulez.
- C'est vraiment adorable de votre part, Madame. Merci de votre gentillesse. »

Je peine à suivre Suzy dans les escaliers. Elle se précipite dans la chambre et tente de me claquer la porte au nez.

« Qu'est-ce qu'il t'arrive Suzy ?
- C'était quoi ça ?
- De quoi tu parles ?
- Tu comptes rester ici, vraiment ?
- Quelques jours, le temps que les choses se tassent. Si ça se trouve j'ai tué Jackson sur le parking de l'hôtel.
- Il y a rien là-dessus aux infos.
- Oui, mais je préfère attendre d'en être sûr.
- D'accord, mais ça c'est ton problème. Pas le mien.
- Juste quelques jours, s'il te plaît. »

Elle croise les bras et s'assied sur le lit. Je m'assois à côté d'elle et les ressorts du sommier se plaignent.

« Ecoute moi, parce que j'ai deux arguments. Le premier, tu l'as dit toi-même : tu as *merveilleusement bien* dormi.
- J'étais simplement polie avec notre hôte.
- Ne me baratines pas : tu as très bien dormi. Je t'ai regardée.
- Tu sais que si j'étais pas suicidaire tu me ferais flipper ?

- Bref. C'était pas agréable pour une fois de dormir sans cauchemars ?
- Bon, et ton deuxième argument ?
- Attends, bouge pas. »

Je me lève et vais jusqu'à la pile de magazines. Je prends une gazette locale d'il y a sept et cherche la page que j'ai cornée pendant la nuit.

« Regarde, là, dis-je en pointant mon doigt sur une petite annonce que j'ai entourée.
- Coco Médium ?
- Ouais, lis en dessous, c'est marqué : pour tous problèmes, envoûtements et désenvoûtements. Et je crois que le bled est pas loin d'ici. On peut faire l'aller-retour sans que la voiture nous lâche.
- Et qu'est-ce qu'on irait faire là bas ?
- Voir si cette Coco peut faire sortir tes collègues de ta tête. S'ils sont entrés, ils peuvent aussi bien ressortir.
- Tu crois que je vais avaler ces conneries ? Je suis peut-être dingue mais je ne suis pas folle !
- Et alors ? Ça vaut peut-être le coup d'essayer, non ?
- Mouais, » réfléchit-elle.

Si elle est capable de croire que des gens peuvent réellement entrer dans sa tête, je ne vois pas en quoi consulter une médium serait une chose irrationnelle.

*

« C'est là », dis-je en me gardant sur le parking qui dessert un hypermarché, un magasin discount et plusieurs petits commerces moches.

La voiture a tenu bon sur les quinze kilomètres qui nous séparaient de la périphérie de ce patelin de Côte d'Or. Je relis l'adresse de l'annonce. Numéro huit place des Oiseaux. Jolie adresse pour une zone commerciale dépourvue d'âme. Je prends Suzy par le bras et marche avec elle sous le soleil frais. Je vérifie plusieurs fois l'annonce, et pousse une porte en verre.

« C'est des pompes funèbres », me glisse Suzy.

J'aurais dû m'en douter, l'annonce était veille. Coco la Médium l'avait sans doute publiée en s'installant ici et repartir faute de clientèle.

A la place, il y a désormais une collection de cercueils et tout un catalogue d'articles funéraires. Le commerce est agrémenté de guirlandes de Noël multicolores. De quoi mettre un peu d'ambiance pendant un deuil.

« C'est peut-être une couverture, je murmure. Ils ont peut être une succursale où on peut parler avec les morts.
- Je peux vous aider ? » intervient un employé adipeux chaussé d'énormes lunettes.

Derrière lui, deux policiers à pieds passent devant la vitrine. Je sens soudain ma gorge s'assécher. Ce n'est pas le moment de ressortir. Il faut que je gagne quelques minutes, juste le temps qu'ils disparaissent, en espérant qu'ils ne fassent pas un arrêt malvenu devant ma voiture douteuse.

« Oui, bonjour Monsieur, ce serait pour un ... un mort.
- Bien sûr. Que puis-je pour vous ? »

Ce serait pour un mort ? J'ai vraiment dit ça ? Suzy me regarde, atterrée. Le type aussi, avec sa coupe au bol de playmobil. Il cligne des yeux derrière ses gros verres de lunettes qui les décuplent. J'ai l'impression de m'adresser à un jouet. L'image de l'oeil dans le ciel de Nanterre me revient et je sens mon sang se geler. Je regarde rapidement derrière mon épaule. Les policiers ont disparu.

« Excusez-moi, Monsieur, dis-je en sortant l'annonce de ma poche. Je me suis mal exprimé. En réalité, je me suis trompé d'adresse, je pense. Vous voyez cette annonce ? Cela vous dit quelque chose ? »

L'homme penche ses yeux de loupe sur le bout de papier.

« Coco Médium ? dit-il.
- Voilà, je réponds, gêné.
- Bien sûr, oui je vois très bien.
- Alors ce n'est pas ici ?
- Si, c'était ici avant. Elle a juste changé de siège social. Elle est deux bâtiments plus loin, derrière celui-ci, près de la boulangerie Le Fournil des Merveilles.
- C'est formidable. Merci Monsieur.
- Je vous en prie, avec plaisir. Et si vous avez besoin d'un cercueil un jour, n'hésitez pas à revenir nous voir.
- Je n'y manquerai pas. Bonne journée.
- Pareillement. »

Dans la salle d'attente au carrelage glacial, un gamin en surpoids joue à la console. Il porte un short d'été et de temps en temps, il lève les yeux pour me regarder d'un oeil mauvais. Seulement moi. Pas Suzy.

Le cabinet se trouve dans un local exigu mitoyen au dépôt de pain. Nous avons obéi à la pancarte qui nous invitait à entrer sans frapper et à patienter sur un canapé affaissé garni de plaids multicolores. Suzy se ronge les ongles, le regard perdu dans le poster au mur sur lequel un caniche heureux glisse le long d'un arc-en-ciel.

Enfin une porte s'ouvre, une femme en doudoune passe dans le couloir, s'arrête devant la salle d'attente et le gamin se lève pour repartir avec sa mère, non sans un nouveau regard suspicieux sur ma personne. Quelques instants plus tard, Coco la Médium sort de son antre. C'est une femme d'une soixantaine d'années à la coupe garçonne rouge, quelques bourrelets, deux piercings à l'oreille et des lunettes à cordon. Je l'aurais plutôt imaginée travailler dans l'administration.

« Bienvenue, dit-elle sans chaleur. »

Nous nous asseyons face à elle dans son minuscule cabinet rempli d'aquariums. Il y en a au moins cinq, mais il n'y en a qu'un seul d'habité par un poisson solitaire. Peut-être que ses amis sont tous morts. Aux murs, encore des posters d'animaux sous LSD et des tapis. C'est très aléatoire. Il y a une petite étagère avec des flacons et des jeux de cartes, quelques boites et un jeu de Mille Bornes. Je retiens péniblement un rire nerveux. Coco pose ses mains de part et d'autre d'une boule de cristal. Il y a vraiment des gens qui fabriquent des boules en cristal ? Des usines ? Il y a vraiment des clients pour tout et n'importe quoi.

« Qu'est-ce qui vous amène ? demande la dame.
- Des gens de mon travail sont entrés dans ma tête pendant un voyage d'entreprise, déclare Suzy. Ils sont là, j'entends leurs voix parfois dans la journée, comme des échos, et la nuit, je les vois en rêve. Ils me hantent par intermittence, ils m'encerclent. Je les entends murmurer. Ils veulent entrer plus loin encore dans mon esprit. Ils veulent m'habiter. Et je résiste.
- Hum, je vois », dit Coco.

Tu vois que dalle. Elle ferme les yeux, inspire profondément et fait des gestes au-dessus de sa boule de cristal. Comme si elle la caressait sans y toucher. Je sens que Suzy aussi a envie de rire. Elle me regarde du coin de l'oeil et pince les lèvres. Je pouffe et maquille ça en toux. Contagieuse car Suzy aussi émet une petite toux polie.

Soudain Coco écarte grand les bras en l'air et fixe le plafond. Silence. Et Coco la médium pose son regard sur Suzy.

« Bon, dit-elle. Vous devriez danser.
- Pardon ?
- Danser. Dansez dès que vous pouvez. Peu importe, avec ou sans musique.

- Et les gens vont sortir de sa tête ? je demande.
- Tout au moins, il s'éloigneront.
- Mais vous n'avez pas un onguent, une prière, une pierre magique ou un truc comme ça ?
- Bah non, dit Coco.
- Bon, Suzy, tu vas danser alors.
- Okay.
- Ça fera cent euros », annonce Coco.

Un vent frais nous attend à la sortie. Nous allons à pieds à l'hypermarché. L'endroit est presque vide à cette heure de la journée. Je déambule avec le caddie dans les rayons tandis que Suzy jette des articles dedans sans aucune délicatesse. Des produits ménagers, des articles de toilette, des pâtes, du beurre, des biscuits.

« J'ai pris des Petits Ecoliers ? demande Suzy.
- Oui. Dix boites. Je crois qu'on en a assez.
- C'est pour Jordan. Il aime les Petits Ecoliers.
- Qu'est-ce qu'il faut pour Tatine ?
- Rien, elle ne voulait rien.
- Pourquoi tout ça ?
- Parce que c'est la moindre des choses. Et on ne sait pas combien de temps on va rester. »

Au bout du rayon apéritif, un adolescent à la dégaine décontractée se hisse sur la pointe des pieds pour s'emparer d'un paquet de Pringles placé en hauteur. Le garçon tourne la tête dans ma direction. Suzy poursuit sur un monologue mais je ne l'écoute plus. L'adolescent recule d'un pas en ouvrant grand les yeux. Suzy continue de dévaliser le rayon des sauces. Le gosse continue d'écarquiller les yeux, figé, une expression de peur intense dans le regard, comme s'il venait de voir un monstre à ma place. Soudain, il laisse tomber le paquet de chips et détale en courant dans les rayons.

« Tu m'écoutes ? » fait Suzy.

CHAPITRE 22

Dix jours se sont écoulés depuis ma fuite. J'ai recherché chaque jour une trace d'un éventuel cadavre trouvé dans la région dans les journaux. Rien. Je n'ai pas tué Jackson. Malgré mon innocence, je ne peux pas me réjouir. S'il en est ressorti indemne, il a dû mal digérer ce que je lui ai fait. Il n'est pas du genre à pardonner. Il est plutôt du genre à me plier en deux dans une malle et la lancer dans un fleuve de lave.

Suzy passe ses journées avec Tatine. Elle l'aide dans la maison, l'accompagne au poulailler au fond du terrain et lui tient compagnie. Elle font tout un tas de choses improbables ensemble, comme de la couture ou je sais pas quoi, des trucs de vieux. Elle m'ont fabriqué un bonnet jaune que je porte cinq minutes par jour par politesse, le temps que la démangeaison de mon cuir chevelu devienne insupportable. Parfois, Suzy met la radio et danse avec la Tatine sur des morceaux d'après-guerre. Tatine a des douleurs aux articulations, mais elle semble ravie que Suzy la fasse danser. Quand Suzy la fait tourner délicatement sur elle-même, Tatine n'a jamais l'air d'avoir mal.

Chaque jour, Suzy sourit un peu plus longtemps que la veille. Ses cauchemars se sont espacés d'un jour sur deux. Ils n'en restent pas moins terrifiants. Lorsque je décide de la réveiller, elle est toujours effrayée. Elle me dit qu'il sont toujours là, qu'ils resserrent leur cercle autour d'elle. Elle reste longtemps assise dans le noir, le front en sueur et les yeux fous, agite les bras pour les chasser.

Elle n'a plus parlé de mourir depuis notre bagarre lors de la panne au milieu de la forêt. Je ne sais pas si elle fomente un projet en secret. Je ne le pense pas, car son humeur s'améliore, mais je me méfie quand même.

L'effet placebo de Coco la Medium fonctionne. Suzy m'affirme qu'elle se sent mieux lorsqu'elle danse.

« Ça fait partir les voix quand je les sens commencer à bourdonner », affirme-t-elle.

J'occupe mes journées à rafraichir des pièces de la maison. Colmater les fissures en amateur, repeindre des pans de murs, réparer ce que je peux. Jordan se joint à moi lorsqu'il rentre de ses divers petites boulots. Il est à la fois livreur, réparateur d'électroménager, dépanneur, manutentionnaire et jardinier.

J'ai fini par deviner que Tatine n'est pas sa vraie grand-mère. Jordan est un enfant de la DASS. Je ne sais pas si Tatine l'a adopté, ou simplement recueilli. Jordan ne veut pas en parler.

Je sais que je suis en sursis ici, que cette parenthèse ne peut pas durer. Je suis bien conscient que j'ai perdu tout contrôle sur mon destin tout tracé. De cadre à livreur de pizza, de ça à plus rien du tout. Je suis à poil sans mon statut. Je ne suis plus personne pour le moment. La sortie de route est d'une violence terrible. Je ne sais pas de quoi va être fait demain. J'évite d'y penser.

CHAPITRE 23

« Qu'est-ce que tu fais !? Ça gratte !
- Ne bouge pas, dit Suzy. Tiens ma main et avance avec moi. »

Elle a enfoncé le bonnet jaune sur ma tête et m'a caché les yeux avec. Le salon sent le pain d'épice et les conifères.

« Jordan, dit-elle, ferme les yeux toi aussi.
- D'accord Madame.
- Et arrête de m'appeler Madame.
- C'est bon, je dis ?
- C'est bon les garçons, vous pouvez regarder. »

Un petit sapin de Noël dans un coin de la pièce. C'était ça, la surprise.

« Magnifique, je dis.
- A table », crie Tatine.

« Tiens, reprends de la purée, Joseph.
- Tatine, c'est la cinquième fois que …
- Prends de la purée. »

J'obéis, Suzy se moque de moi. A l'instant, je devrais me trouver chez mes parents, entourés de leurs amis, Coraline à côté de moi. Dans ma vie d'avant, il y a encore deux mois, le réveillon aurait dû se dérouler ainsi. C'est une drôle de sensation, de déplorer le cours incontrôlable qu'a pris ma vie mais de me sentir plus heureux entouré de ces trois personnes dont j'ignorais encore l'existence le mois dernier. Ça me file le vertige. Je préfère être assis à côté d'une cinglée suicidaire qui n'est même pas ma petite amie qu'à côté de Coraline. Je préfère dîner chez cette vieille aristocrate ruinée dans sa demeure décrépie et paumée que dans la maison coquette de mes parents. Je préfère la compagnie bizarre de Jordan à celle de ma famille entière, leurs amis inclus et les miens aussi. Jordan mange des Petits Ecoliers toute la journée, il a les yeux vides et l'air attardé, mais j'ai plus d'affection pour lui que pour tout mon entourage réuni.

Si je voulais expliquer cela à quelqu'un de ma vie d'avant, personne ne me croirait. Je crois même qu'on me suggérerait d'aller sur un site de promotion de vacances et de faire un break en pension complète dans un complexe en béton vue sur la mer, au milieu d'une horde de touristes venus du Nord rougis par le soleil.

J'aime ces gens plus que ma famille. Pour la première fois de ma vie j'ai la sensation d'être à ma place au milieu des autres.

« Joseph, tu veux du vin ? demande Jordan.
- Oui, s'il te plaît.
- On trinque !!! aboie Suzy.
- Santé ! »

Les vieux verres en cristal fêlés s'entrechoquent, se mêlent au son des bûches qui crépitent dans la cheminée. J'avance mon verre contre celui de Tatine. Sitôt que nos deux coupes de cristal se cognent l'une contre l'autre, le temps de cet infime contact, Tatine s'est arrêtée de sourire. Elle m'observe bizarrement. Jordan et Suzy cessent de plaisanter, intrigués par ce changement soudain dans le comportement la vieille dame qui n'a pas de caractère lunatique en temps normal.

« Tatine ? fait Jordan. Tatine, ça va ? »

Elle ne répond pas. Elle n'a même pas cligné des yeux. Elle tient toujours son verre en suspens. Je sens le sang battre dans mon cerveau. Jordan s'inquiète.

« Tatine ! Qu'est-ce que tu as !? »

Elle me regarde toujours. Ses lèvres ridées frémissent, le verre en cristal s'échappe de sa main, roule en se déversant sur la table et termine sa chute sur le sol où il se brise dans un tintement presque musical. Sa bouche s'ouvre, les lèvres se déforment sur un cri silencieux. Ses yeux rivés sur moi deviennent immenses de terreur. Son dos se cambre à l'arrière sur le dossier de sa chaise dans un craquement d'os. Raide, raide. Raide morte.

« Tatine !!! » hurle Jordan.

Suzy bondit hors de la table est se jette sur le téléphone fixe. Je suis incapable de bouger.

*

Lorsque les secours arrivent, ils ne peuvent que constater le décès. Deux policiers les accompagnent. Jordan, bouleversé, répond aux questions qu'on lui pose. L'un des deux flics nous jette un regard étrange, à Suzy et moi. Puis la défunte part pour la morgue sous les sanglots de Jordan.

Je ne me remets pas de ce qu'il s'est passé. C'est moi qui l'ai tuée. Je ne sais pas ce qu'elle a vu en me regardant mais je sais que je l'ai tuée. Je ne sais pas ce qu'elle a vu mais elle était trop fragile pour me regarder. Plus fragile que le chef Japonais de Suresnes. Plus fragile que le gosse du supermarché. Il y a quelque chose derrière moi. Ou sur moi. Quelque chose qui se greffe à mon être et que, quelques fois, certaines personnes sont en mesure de voir. Quelque chose à vouloir s'enfuir. A mourir de peur.

*

Allongé dans le noir, je ferme les yeux et tente de m'endormir au son régulier de l'horloge. Suzy entre sur la pointe des pieds. Elle a veillé sur Jordan jusqu'à ce qu'il s'endorme d'épuisement dans le salon. Je n'ose pas aller le consoler. C'est de ma faute et même si je suis le seul à le savoir et que la chose soit parfaitement irrationnelle, je n'ose pas affronter sa douleur. Suzy fait grincer l'armoire et décroche un gros pull d'un cintre.

« Qu'est-ce que tu fais ?
- Je retourne voir Jordan.
- Il ne dort pas ?
- Si. Mais je préfère qu'il ne soit pas seul quand il ouvrira les yeux. C'est mieux comme ça.
- Suzy ... Il va être temps de partir d'ici.
- Quand ?
- Demain.

- Non. On ne peut pas laisser Jordan seul dans cet état. Il faut qu'on reste avec lui. Au moins jusqu'à l'enterrement.
- Entendu.
- Mais tu peux partir si tu veux, dit-elle en s'énervant. Tu peux même partir maintenant. Je resterai avec Jordan le temps qu'il faut.
- Je resterai avec vous.
- Bien, » dit-elle en refermant la porte.

CHAPITRE 24

Un entrelacs de voix provenant du rez-de-chaussée me réveille. Il fait jour, clair et glacial. Je reconnais la voix de Jordan, mais pas les autres. Suzy apparaît dans l'encadrement de la porte.
« Enfin réveillé ?
- Je n'ai pas pu m'endormir avant sept heures du matin. Qui est en bas ?
- Les enfants de Tatine avec leurs gosses.
- Je ne savais pas qu'elle avait des enfants.
- Moi non plus. Elle ne m'en a jamais parlé.
- Qu'est-ce qu'ils font ici ?
- Un inventaire pour l'héritage.
- Déjà ? Mais elle est morte il y a à peine vingt-quatre heures.
- Ils ont l'air pressés.
- Je vois. Comment va Jordan ? Il a dormi ?
- Un peu. Il est dévasté. Tatine était la seule famille qu'il avait. »
J'enfile un pantalon et un pull et je descends.
« Et c'est qui celui là encore Jordan ? Tu as invité tous tes copains ? »
Une petite femme sèche d'une quarantaine d'année me regarde descendre, le chandelier en argent qu'elle était entrain d'examiner dans la main. A côté d'elle se tient un grand type un peu plus âgé qui doit être son frère, le nez plongé dans un carnet de notes. Quatre gamins ont investi le

salon sans lever les yeux sur moi, trop occupés à toucher à tout, et deux autres courent dans le jardin.

« Bonjour », je dis.

Sans me répondre, la fille de Tatine se tourne vers Jordan qui a les yeux écarlates et enflés.

« Je te préviens Jordan, ne t'avise surtout pas de toucher à quoi que ce soit ici, ni toi ni tes amis.
- On a fait un inventaire de mémoire de ce que notre mère possédait avant de venir, ajoute son frère en agitant son carnet.
- Alors s'il manque un collier de perles, un tableau, ou la moindre petite cuillère en argent, tu vas avoir de sacrés problèmes.
- Je n'allais rien prendre ! se défend Jordan.
- J'espère bien, dit la harpie. En attendant, on te laisse jusqu'à demain pour prendre tes cliques et tes claques et sortir de là. Tes amis aussi. Tu as assez profité de la bonté de maman. Les bonnes choses ont une fin.
- Vous allez l'enterrer où ? Elle voulait être au cimetière du village avec ses ancêtres et ses amis.
- Ce n'est pas tes affaires, dit le frère. On ne veut pas de toi à l'enterrement.
- Ça ne sert à rien de venir, ajoute l'héritière. Tu n'es pas sur son testament. »

Les gamins qui couraient dans le jardin font irruption dans la maison sans ralentir leur course qu'ils poursuivent autour des meubles du salon.

« Les enfants ça suffit ! crie la soeur. On s'en va. »

Dehors, le jour commence déjà à baisser. Jordan n'a cessé de pleurer depuis le départ de la famille de la défunte. Suzy tout ce temps l'a bercé. Le pauvre est dans un état lamentable. Jordan se redresse, renifle, totalement vidé.

« C'était une personne d'une telle qualité, si vous saviez... dit-il en s'essuyant les yeux.
- Je sais, Jordan, je dis. Je suis tellement désolé. »

Suzy se lève, s'éclaircit la gorge avant de parler d'une voix rocailleuse.

« Les garçons, il faut préparer vos affaires. Il est temps de partir.
- Pour aller où ? je demande.
- On va aller chez moi.
- Tu es sûre que c'est une bonne idée ?
- C'est la seule que j'ai. Tu en as une meilleure ? On doit partir d'ici, de toute manière. Et on ne va pas laisser Jordan seul. »

Jordan lance son maigre bagage sur le sol de la camionnette. Bien peu de choses pour toute une vie. Je n'ai pas d'affaires, à part le cash récupéré sous les sièges de la Panda morte que nous allons laisser ici. Cadeau pour la famille.

*

Suzy conduit comme sous hypnose et s'engage sur l'autoroute. Jordan s'est endormi la tête contre la vitre qui renvoie son reflet livide. La camionnette passe sous le panneau qui indique Paris dans deux cent kilomètres. J'ai dû devenir aussi blanc que Jordan. Suzy quitte un instant la route des yeux pour me regarder.

« Inquiet ? demande-t-elle.
- Tu veux une réponse honnête ?
- Ils ne te retrouveront jamais chez moi.
- Comment tu peux en être sûre ?
- Parce que j'habite vers Fontainebleau, ce qui n'est pas exactement la porte à côté.
- Tu crois que ça va les empêcher de retrouver ta trace ?
- Ça m'étonnerait. J'ai tout payé en cash. Et j'ai donné un faux nom et une fausse adresse.
- C'est pas mal de précautions pour quelqu'un qui compte mourir. Pourquoi ? »

Elle hausse les épaules et se concentre sur la route.

« On ne sait jamais. »

Et elle allume la radio.

*

Jordan se réveille doucement tandis que Suzy ralentit. Nous longeons un ruban de route bordé d'arbres et de haies où sont disséminées des villas dont seuls les toits dépassent, dissimulées par les arbres des jardins. Suzy s'arrête devant un portail et descend pour l'ouvrir. La voiture grimpe une courte allée montant vers un garage qui jouxte une villa des années soixante-dix à deux étages de baies vitrées.

Nous claquons les portières. Suzy nous précède et monte quelques marches. Une terrasse dallée de pierres où est nichée une piscine en forme de haricot remplie de feuilles mortes luisant dans le noir.

Nous entrons dans un grand salon marron qui sent la poussière.

« C'était la maison de ma tante, » déclare Suzy sans autres explications.

Elle allume toutes les lampes. La pièce entière s'éclaire, révélant un mobilier lui aussi, d'époque. Sa tante devait être à la pointe de la mode de ces années là. Seule la télévision installée près de la cheminée témoigne de notre époque. Il y a une feuille posée sur la table ronde du coin salle à manger. Un gros cendrier est posé dessus. Je m'empare discrètement de la feuille. Il n'y a que quelques mots.

Pardon pour le chagrin. Je ne pouvais plus continuer à vivre. Adieu. Suzy.

Personne ne m'a vu la lire. A toute vitesse, je déchire le papier et jette les morceaux derrière le bois sec de la cheminée. Des fois qu'elle change d'avis.

« Je vais vous montrer vos chambres. C'est là haut. »

On s'engage dans un escalier étroit qui, comme les sols et les murs, est recouvert de moquette à motifs.

*

La dernière fois où j'ai pris une longue douche chaude, sans problème de plomberie ni de chaudière dans une salle de bains parfaitement salubre, date d'octobre dernier. Je m'attarde sous le jet fumant dans la salle de bains attenante à la chambre d'amis. Le vent agite des branches à la fenêtre à guillotine.

Demain je rentrerai à Paris. Je demanderai à Suzy de me déposer à la gare la plus proche. Il est temps de revenir. Ma cavale ne peut pas durer éternellement. Suzy est entre de bonnes mains avec Jordan, et inversement. Ils vont se refaire une santé, voire un moral un peu plus tard. Quant à moi, je dois reprendre ma vie en mains. Tout ce qu'il s'est passé ces derniers mois, je dois le laisser loin derrière moi. Après la fuite vient le moment du combat.

Je sors de la salle de bains dans un nuage de vapeur, une serviette moelleuse vert pomme autour de la taille.

On frappe fort à la porte. Jordan ouvre à la volée sans attendre.

« Suzy a foutu le camp !!!
- Quoi !?
- Elle a pris sa voiture ! Une Polo rouge. Et elle est partie sans prévenir. Grouille toi ! »

J'enfile mes fringues sales et dévale les escaliers avec Jordan. Nous nous ruons dehors Jusqu'à la camionnette.

« Elle est partie par la droite, crie Jordan, paniqué.
- Accélère !

- Mon Dieu mon Dieu j'espère qu'elle est pas allée faire une connerie ! »

Je me mords le poing en pensant à la lettre de suicide. Comment j'ai pu baisser ma garde ? Pas une seconde je n'ai réfléchi au fait que revenir à son domicile allait faire renaître sa pulsion de mort.

« Quel con mais quel con mais quel con !
- Regarde, dit Jordan. Une Polo rouge, là ! Elle est rouge ??!
- Oui je crois. »

Il freine tellement fort que je me cogne la tête contre le pare-brise. J'ai un vertige.

« Viens ! »

Je cours après Jordan sur une minuscule place paumée où se trouvent un bar, et un restaurant. La voiture de Suzy est garée devant le bar, situé dans une petite maison de vieilles pierres.

Il n'y a que des hommes à l'intérieur. Un établissement crasseux pour loups solitaires. Un bar aux tons mauves. Enfin si, il y a une femme. Une danseuse qui s'affaire à la barre toute habillée et qui a l'air un peu coincée pour le style du lieu. Je crois que je rêve. Jordan aussi. On se regarde, hallucinés un instant, avant de se précipiter sur l'estrade.

« Suzy !!! Qu'est-ce que tu fous !? »

Je l'attrape. Elle se débat. Jordan vient m'aider à la maitriser.

« Descendez de là, Suzy ! »
Il la vouvoie toujours.

« Lâchez moi merde vous êtes chiants !

- Eh ! Qu'est-ce que vous foutez !? s'énerve un spectateur ! Elle est très bien cette dame !
- Oui c'est pas vrai ça, fait un type au bar. Laissez la faire son show quoi !
- J'ai BESOIN de danser !!! hurle Suzy dans mon oreille.
- Descends de là, on rentre !
- Laissez la dame danser ! » beugle un troisième mec.

Jordan s'énerve. Il me confie Suzy et va à la rencontre des clients mécontents. Il envoie vite un poing dans un visage, puis un autre.

« On se casse, vite ! » nous crie-t-il.

Suzy enfin se laisse faire. Elle court jusqu'à sa voiture. Je monte avec elle tandis que Jordan démarre la camionnette.

Elle se calme une fois installée au volant.

« J'avais besoin de danser, déclare-elle froidement.
- Mais pas devant des pervers. Tu peux danser chez toi.
- Ouais. Enfin, on va finir par avoir besoin d'argent un de ces jours. Je ne vais pas commencer à envoyer des CV. »

Je vérifie que Jordan ne se soit pas perdu derrière nous. Il me fait un appel de phares dans le rétroviseur.

« On a besoin de rien pour l'instant, Suzy. »

Un de ces jours, a-t-elle dit. *Un de ces jours* veut dire dans un avenir incertain. Un avenir incertain où elle se voit encore vivante. C'est déjà bon signe.

Enfin, nous regagnons son domicile dans le calme.

CHAPITRE 25

La lumière froide de décembre me réveille à travers les rideaux. J'ouvre doucement les yeux. Je n'ai pas dormi dans un lit aussi confortable et des draps aussi frais depuis que j'ai mis mon appartement en location. Au mur, un pendule silencieux indique huit heures et quart. Je m'étire, retardant le moment de sortir du lit.

« Noooooon ! »

Jordan hurle au rez-de-chaussée. Je saute dans mon jean et dévale la moquette des escaliers. Jordan, paniqué, s'excite sur la baie vitrée, cherche frénétiquement à l'ouvrir avec des gestes hystériques.

« Jordan qu'est-ce qu'il se passe !?
- Suzy !!! Suzy non !!! » hurle-t-il.

Je cours vers la vitre. Je ne vois personne dehors.

« Là ! Là ! » crie Jordan en éclatant en sanglots.

Je baisse les yeux. Dans la brume qui danse au-dessus de la piscine, le corps de Suzy flotte au milieu des feuilles mortes. Je me mets à crier, moi aussi. On a fait n'importe quoi. Jamais, jamais nous n'aurions dû laisser Suzy dormir seule dans sa chambre. Pas avec sa fuite d'hier soir, pas avec la note oubliée sur la table de la salle à manger. La mettre au feu ne pouvait rien changer. Il fallait la surveiller. Quel con mais quel con mon Dieu.

Jordan pleure de tout son coeur, son nez lui coule jusqu'au menton. Ma respiration s'est accélérée, mon coeur s'est arrêté et a repris, brûlant de colère et d'impuissance. Une fièvre de rage et de malheur.

« Jordan, viens. Aide moi à la sortir de l'eau. »

Je trouve l'ouverture et fait coulisser la vitre immense. Je ressens à peine le froid mordre la peau.

« Vous en faites une tête. Vous avez pleuré ? »

Jordan devient plus livide encore. Je le sens sur le point de tourner de l'oeil. Suzy élance ses bras à l'arrière et se glisse sur la surface de l'eau. Jordan avance vers le rebord, hagard, hanté par l'immense désespoir de la minute précédente. Et je me sens bouillir. Je me mets à hurler, hors de contrôle.

« Ça va pas la tête !!! On a cru que t'étais morte. MORTE !! Tu t'imagines !? Tu veux nous tuer d'inquiétude, c'est ça !? T'es vraiment une connasse, Suzy ! Va falloir te surveiller chaque seconde pour éviter tes conneries ? Il te faut quoi !?
- Oh oh ça va hein, dit-elle en nageant vers le rebord.
- Non ça va pas, finit pas dire Jordan d'une voix blanche. Ne recommencez pas. Vous nous avez fait très peur. Je n'ai pas du tout apprécié. »

Je m'approche de Jordan et Suzy nous tend chacun une main à contre-coeur. Nous la hissons hors de l'eau atrocement froide.

« C'est dingue, maugrée-t-elle en se débarrassant des feuilles collées partout sur sa peau. On peut plus rien faire.
- Bien sûr que non, dit Jordan. Mais si c'est pour faire des conneries comme aller faire du pole dance dans un bar de bord de route et se baigner dans l'eau glacée, c'est non. Il y a des limites dans la vie.
- C'est bon les Jojos, j'ai compris, » grogne Suzy en marchant vers la maison, laissant des flaques à ses pieds sur les pierres de la terrasse.

*

Fin de matinée en grande surface à l'heure des clients déprimés. Il y a quelques vieux, quelques parents isolés, quelques mères célibataires ou à peine plus heureuses. Et nous trois, poussant un grand caddie où Jordan a déjà balancé un stock de Petits Ecoliers.

« J'ai l'impression que toutes les zones commerciales périurbaines sont d'éternelles répliques les unes des autres, je dis.
- Je ne suis pas sûre, dit Suzy en cherchant un dentifrice parmi une centaine de références.
- Elles se ressemblent toutes pourtant, dit Jordan. Sauf qu'ici il y moins de trucs pour les jardins genre des brouettes et des acides. Mais sinon c'est pareil.
- Pas exactement, dit Suzy. C'est pas une histoire d'agencement, de parkings et d'enseignes.

- C'est quoi pour toi ? je demande.
- C'est ce côté bord de la route. Ce que je veux dire, c'est que c'est le même sentiment de déprime à chaque fois. »

Elle a raison. Je ne sais pas si elle a raison pour beaucoup plus de monde que pour nous trois. Jordan, lui, ça lui va à peu près, il a toujours connu ça et il a ses Petits Ecoliers. Mais quelque part lui aussi est mal à l'aise avec ces grandes étendues cliniques, fonctionnelles. Je ne pense pas, toutefois, que cela soit le sentiment du plus grand nombre. Ne serait-ce que parmi mes connaissances. Mes parents ne verraient pas le problème moral à fréquenter une telle grande surface. Coraline non plus n'aurait pas eu une boule dans la gorge en se garant sur le parking, pas plus que mes amis. J'ai souvent ce sentiment d'horreur, l'impression que la plupart de mes contemporains seraient tout à fait à leur aise dans des chambres stériles. Sans bordel, sans rien qui déborde, sans la poussière du monde et sans ses fous. Un monde stérile. Une vie clinique. Un quotidien où l'on saute d'un clapier à un autre. Tout pour plaire, faut-il croire, à la majorité. Suzy interrompt mes considérations lorsque nous poussons notre charriot qui déborde devant la caisse.

« J'ai faim ».

Le crachin arrose la camionnette de Jordan où nous avons jeté les courses à la hâte avant de rentrer dans le self donnant sur le parking. J'ai commandé un petit déjeuner industriel à un prix très attractif, Suzy a pris une assiette de frites qu'elle mange avec les doigts en lisant le journal local pris à la caisse du supermarché. Je lis par dessus-son épaule. Jordan mange une compote, les yeux éteints, comme s'il s'était mis en veille.

« Oh Suzy ! Suzy de Vandenesse !? C'est bien toi ? »

Suzy se redresse d'un coup sur la banquette. La femme en tailleur qui l'interpelle doit avoir quarante-cinq ans et une affreuse coupe au bol châtain, ronde courte sur pattes dans un pantalon de tailleur à carreaux bordeaux. Elle tient à la main un sandwich en plastique à emporter et s'avance vers Suzy, un sourire découvrant de petites dents carrées. Suzy est mal à l'aise. Je la vois forcer un sourire et se lever pour lui faire trois bises.

« Belinda, dit-elle. Comment vas-tu ?
- Mais très bien écoute ! Je suis venue chercher mon petit lunch.
- Ah ... tu as raison.
- Et toi ? Ça à l'air d'aller mieux non ? »

Belinda me lance un regard suspicieux qui s'aiguise fortement sur Jordan et sa dégaine qui détonne aux alentours de Fontainebleau. Elle fronce les sourcils sur sa coupe mulet. Jordan, lui continue de manger sa compote en soutenant son regard.

« Ce sont mes cousins, dit Suzy. Ils m'ont accompagnée faire mes courses aujourd'hui.

- Ah, fait Belinda avec un ultime coup d'oeil méprisant sur Jordan. Je suis contente de voir que tu vas bien.
- Oui, ça va beaucoup mieux.
- Du coup tu vas pouvoir revenir travailler bientôt ?
- Oui ... Oui, bien sûr. Très vite même.
- Super. Tu nous manques, à la boîte. On voit plus ta frimousse dans le couloir du juridique. »

J'ai la nette certitude que toute cette conversation sonne faux. Je connais maintenant assez bien Suzy pour savoir qu'elle est tendue comme un arc.

« Vous me manquez aussi, feint-elle. Comment vont les collègues ?
- Bien, tout le monde va très bien. Rien de bien nouveau, la petite routine quoi. A part Benoit Chollet.
- Benoît ... Benoît des ressources humaines ?
- Oui, il a démissionné il y a deux semaines. La tuile avant Noël, il a fallu nommer quelqu'un d'autre.
- Pourquoi il est parti ?
- On sait pas. Bon, faut que je file, ma belle. Je vais être short sur ma pause dej sinon.
- Bien sûr. »

Suzy se relève pour lui appliquer trois nouvelles bises. Une lanière du sac à main imitation serpent de Belinda glisse de son épaule. Et un petit objet cogne la surface de la table en PVC. Une bille verdâtre reliée au sac par un ruban de soie effiloché à force de frottements. On dirait le même porte-clé que celui que Jeff nous avait distribué du temps où j'avais encore un travail, une voiture, un appartement et une vie. Je me penche discrètement pour voir de plus près mais la collègue de Suzy se redresse promptement avant de s'en aller sans un regard pour Jordan et moi.

Suzy reprend son souffle par petits spasmes anxieux et lâche une lente expiration contrôlée.

« C'était qui cette mocheté ? demande Jordan.
- Une nana de mon travail. Moi qui pensais ne croiser personne ici.
- Ben tu viens de croiser une personne extrêmement moche.
- C'est vrai, Jordan.
- Mais ... les gens de ton travail ont bien dû se rendre compte que tu manques à l'appel depuis un moment ? je demande.
- Non, soupire-t-elle. Je suis sensée, enfin non, je suis en congé maladie depuis bientôt un mois. Je pensais pourvoir ... enfin tu sais ...
- Tu pensais pouvoir te suicider entre temps.
- Oui. Je me disais que ça n'éveillerait pas les soupçons, qu'on ne remarquerait pas mon absence tout de suite. »

Suzy rentre sa tête dans ses épaules, espérant sans doute secrètement avoir le cou télescopique pour rentrer à l'intérieur d'elle-même.

« Je suis grillée... »

Elle cligne des yeux plusieurs fois, comme pour conjurer ce qu'il vient d'arriver.
« Tu travailles où ? demande Jordan.
- A quelques kilomètres d'ici, par là, dit-elle en montrant une direction invisible, saisie d'un frisson.
- C'est un lieu de travail qui s'appelle comment ?
- Bellanger. »

Mon coeur fait un bond. Mon corps avec, sans m'en rendre compte. Je suis debout. Suzy a l'air minuscule. J'essaye de rassembler mes esprits. Fontainebleau. Bellanger...
« Tu veux dire le Groupe Bellanger ?
- Oui, dit Suzy.
- Tu te fous de moi ou pas ?
- Non. »

Je me rassieds, plus livide qu'elle encore, sous le regard ahuri de Jordan.

*

« Le monde est petit, dit Jordan en conduisant. Small small world, comme on dit parfois.
- Moi ça me perturbe, dis-je en regardant filer la départementale. »

La chose me cloue les pieds au sol. Suzy travaille pour le Siège de la filiale où j'ai fait ma brève carrière. Je n'ai jamais eu l'occasion de mentionner le nom de Voyd à Suzy, ni Suzy celui de Bellanger. Nous n'avions jusqu'ici à peine fait mention de nos professions respectives. Je savais qu'elle était juriste et elle savait que mon ancien poste consistait à surveiller des salariés qui travaillent déjà très bien de manière autonome, que je suis un produit défectueux recraché par la machine. Mais jamais nous n'avions souhaité nous attarder sur le sujet. La coïncidence me rend fébrile. Normalement, nous devions rire, nous taper dans la main, trouver ça dingue. Mais elle et moi, par un genre d'obscur commun accord mental, nous restons graves, comme en deuil.

« J'aimerais aller voir mon ancien collègue, dit Suzy.
- Quel ancien collègue ? fait Jordan.
- J'aimerais rendre visite à Benoît, le type dont Belinda parlait tout à l'heure. Mon collègue des ressources humaines qui a démissionné. Il habite pas loin d'ici. Ce sera vite fait, promis.
- D'accord, Suzy. Vous m'indiquez le chemin ?
- Quand est-ce que tu vas me tutoyer Jordan, bordel de merde ? »

Jordan se gare quelques minutes plus tard sur une allée étroite bordée de jolies petites maisons en pierres sombres. Suzy remonte la voie en déchiffrant les noms sur chaque boîte aux lettres.

« Chollet, dit-elle en désignant une maison un peu plus grande que les autres. C'est là. »

Nous l'accompagnons jusqu'au perron où elle sonne. Une quinquagénaire fatiguée dans un gros pull en laine informe nous ouvre. Elle est jolie malgré ses cheveux négligés et ses yeux cernés.

« Madame Chollet ? Je suis Suzy de Vandenesse, une ancienne collègue de votre mari chez Bellanger.
- Ah ... fait-elle d'un soupir las.
- Et voici mes cousins, Jordan et Joseph.
- Bonjour Madame Chollet, dit-on en chœur. »

On a l'air beaucoup trop bizarre mais comme le dit souvent Suzy, *on n'en est plus là*.

« Bonjour Messieurs, dit la femme d'une voix éteinte.
- Je viens d'apprendre que votre époux avait démissionné, poursuit Suzy. J'étais moi-même en arrêt maladie. Je voulais prendre de ses nouvelles.
- Il va mal.
- Mal comment ?
- Mon Benoît est devenu l'ombre de lui-même en très peu de temps, sans aucune raison apparente. Et ce n'est pas faute d'avoir essayé de le faire parler. C'est venu comme ça, du jour au lendemain. En vingt-deux ans de mariage, je connais assez mon mari pour savoir qu'il n'a jamais été dépressif. Et malgré tout ...
- Il ne vous a rien dit sur les raisons de sa démission ?
- Rien de rien. Nos enfants aussi sont inquiets. Ils n'ont jamais vu leur père dans cet état. Il passe ses journées les yeux dans le vide, triste. Parfois on dirait qu'il a peur. C'est tout juste si je ne dois pas le forcer pour qu'il mange. Il dort, il reste assis, et quand j'arrive à le pousser dehors, il va faire de longues marches

très lentes avec le chien. Voilà ses journées. Et moi je ne sais pas pourquoi. »

Madame Chollet frotte ses beaux yeux noirs. On dirait qu'elle n'a pas dormi depuis plusieurs jours ou a beaucoup trop pleuré. Peut-être les deux en même temps.

« Est-ce que je pourrais lui parler ? demande Suzy.
- Oui, mais il est parti marcher avec le chien.
- Où ça ?
- Par là, dans le bois. Il est parti il y a une bonne demie-heure mais vous n'aurez aucun mal à le rattraper sans vous presser.
- D'accord, merci beaucoup Madame Chollet. »

Suzy imprime la semelle de ses longues bottes de cuir sur le sentier de terre. Jordan et moi la suivons en silence en file indienne. Un corbeau effrayé s'envole du dossier d'un banc en nous voyant. Un homme dégarni en jogging informe est assis, ou plutôt tassé sur le banc suivant. Le bouledogue qu'il tient en laisse, lui aussi, reste assis et immobile. L'homme lève des yeux vitreux et larmoyants vers Suzy sans bouger le reste de son corps. Il la reconnait.

« Suzy ? Qu'est-ce que tu fais là ? » fait-il d'une voix ralentie

Jordan et moi nous baissons pour caresser le chien. Il se laisse faire, blasé, et nous regarde avec un soupçon de dédain dans ses yeux ronds.

« J'ai sonné chez toi et j'ai fait la connaissance de ta femme. Elle m'a dit que je te trouverai par ici.
- Ah …
- Qu'est-ce qu'il t'est arrivé ?
- C'est une bonne question. »

Suzy s'assied à côté de lui sur le banc. Le chien finit par se lever et pose ses pattes sur les genoux de Jordan, renifle son bas de survêtement et s'applique ensuite à lui lécher la main.

« C'est arrivé comme ça, dit Benoît.
- Quoi donc ?
- Un mal-être brutal.
- C'est à dire ?
- Plusieurs choses. Des sueurs froides, une sensation de poids sur la poitrine, des vertiges bizarres. Alors je suis allé consulter. Je croyais avoir un truc sérieux, un cancer ou autre. On m'a fait faire tous les examens nécessaires.
- Et donc ?
- Donc rien. Il n'y a rien à voir, circulez messieurs dames. Et pourtant j'allais de plus en plus mal. Du coup, on m'a fait ce qu'on fait avec les gens qu'on ne sait pas diagnostiquer.
- Tu veux dire qu'on t'as mis sous psychotropes ?
- Voilà. Des pilules pour dormir, d'autres pour me lever, d'autres pour arrêter d'être un connard, ce genre de choses.
- Je vois, dit-elle en allumant une cigarette. Tu en veux une ?

- Non merci. Ma femme me tue si je rentre en sentant le tabac. Elle en bave déjà assez comme ça, la pauvre.
- Les médicaments ne t'ont pas aidé à aller mieux ?
- Non. Pas du tout. Rien ne m'aidait. Même pas ce guignol qui venait nous faire faire de la gymnastique au bureau là, l'autre abruti en col roulé.
- Tu veux parler de Jeff ? »

Je cesse tout mouvement. Je me relève, le corps raide. D'un geste d'une lenteur infinie, comme contaminé par celle de Benoît, je m'assois sur ce qu'il reste de banc.

« Ouais, Jeff. Je trouvais ça pas mal, au fond, les exercices à la con qu'il venait nous faire faire. Ça me détendait un peu du stress, de temps en temps. Mais quand j'ai commencé à me sentir mal, ça n'a plus eu aucun effet. Après ça comme je t'ai dit, on m'a filé des cachets. J'ai fini par ne plus me sentir bon à rien, j'allais de plus en plus mal. Impossible de rester concentré. Je ne voulais pas qu'on s'aperçoive que je commençais malgré moi à devenir un boulet. Alors j'ai démissionné. Ni vu ni connu je peux me laisser crever dans un coin.
- Mais qu'est-ce que tu as, exactement ? Tu pourrais me le décrire ?
- Des cauchemars. Des cauchemars terribles. Et je te dis, une sensation d'étouffer. Je me sens oppressé, comme s'il y avait une présence invisible, ou un truc dans le ciel, mais juste

au-dessus de ma tête. Quelque chose qui m'écrase. »

Suzy aspire à fond la fumée de sa cigarette. Quand elle la recrache, elle a les yeux mouillés.

*

Jordan a préparé ce qu'il appelle les pâtes sauce Jordan, qui sont en réalité des coquillettes au beurre avec un peu de gruyère et un oeuf à la coque. Il nous tend chacun une assiette tandis que je sers le Bourgogne. Nous mangeons en silence assis en tailleur sur la table basse, devant le feu de cheminée. Suzy n'a pas voulu parler depuis que nous avons rendu visite à son ancien collègue.

« Alors toi aussi tu connais Jeff ? »

Suzy pose son assiette et prend le temps de saler copieusement son plat de nouilles avant d'en avaler une bouchée.

« Oui.
- Tu veux bien développer un peu ?
- Je connais Jeff, Benoit que tu as vu tout à l'heure aussi. Belinda également. Tout le monde le connaît. Il a débuté sa mission de hapiness manager chez nous, puis il a continué à faire le tour des filiales du siège, dont la tienne, chez Voyd.
- Et ce voyage d'entreprise à la suite duquel tu as commencé à aller mal ? »

Suzy prend une très longue gorgée de vin. Jordan repose sa fourchette.

« Il était là. C'est lui qui a organisé la team building et orchestré tous les ateliers. Tout le monde en est revenu enchanté. Et moi très mal.
- C'est à partir de là que les gens de ton travail sont rentrés dans ta tête ?
- Peu de temps après. Je ne sais pas si c'est ça, exactement.
- Benoît était là lui aussi ?
- Oui, on y était tous. Bellanger avait réservé tout l'hôtel. »

Suzy a un violent frisson. Elle renifle en regardant le feu. Je n'ose plus lui parler, elle est trop perturbée pour l'instant.

« Il faut que tu retournes travailler, Suzy ».

Suzy reste sonnée un instant. Je ne sais pas si c'est à cause de ce que Jordan vient de dire ou le fait qu'il la tutoie pour la première fois.

« Tu dois y retourner, insiste-t-il, solennel.
- Avec ce qu'ils ont fait avec ma tête ? Vraiment ?
- Justement ! Justement oui. Suzy, il s'est passé quelque chose là-bas. Pour toi, pour ton collègue, et aussi pour Joseph. Le seul moyen pour que ça s'arrête, c'est de comprendre d'où ça vient, comment et pourquoi. Comprendre les tenants et les aboutissants, genre. C'est pas en tournant en rond ici ni en faisant du pole dance que tu vas trouver tous ces tenants et ces aboutissants.
- J'avais pourtant trouvé la meilleure des solution pour que ça s'arrête, lance-t-elle en me jetant un regard fâché.

- C'était pas la meilleure solution, dis-je. C'était la mauvaise sortie de secours. Jordan a peut-être raison.
- Clairement, insiste ce dernier. Ça vaut quand même le coup d'essayer ! C'est quand même plus profitable qu'un suicide.
- Vous comprenez que si j'y retourne ils vont être en dedans et en dehors de ma tête ?
- Peut-être, dit Jordan, même si je ne peux absolument pas m'imaginer ce dont tu parles. Mais au moins maintenant, tu sais que tu peux danser.
- Il a raison, je plaide. Tu peux danser si tu ne te sens pas bien.
- Vous avez de sacrés conseils, les Jojos », soupire-t-elle en reposant son verre vide.

CHAPITRE 26

« T'es prête ? je demande.
- J'ai un peu le trac, confie Suzy en lissant l'ourlet de sa jupe plissée.
- C'est rien ça, dit Jordan en lui donnant la veste assortie qu'elle enfile. C'est normal, c'est le premier jour.
- Les gars vous êtes graves. On dirait que j'entre en maternelle.
- On va t'accompagner jusqu'à là-bas discrètement en roulant derrière toi, si ça peut te rassurer.
- Merci Jordan. Oui, je veux bien.
- Et si la moindre chose ne va pas, ajoute Jordan si tu rencontres une difficulté consternante, tu m'appelles sur mon portable et je viens te chercher tout de suite, d'accord ? Tatine venait toujours me chercher à l'école si j'étais malade. Je ferai pareil pour toi.
- D'accord », fait-elle tristement.

Nous gardons une saine distance entre la voiture de Suzy qui évolue sur un mince ruban de route emprunté par des camions. Puis sa voiture s'engage dans une allée menant à un parking derrière un grillage. Un bâtiment en forme de cube de verre à quatre étages se dresse presque au milieu de nulle part. Suzy gare sa voiture tandis que Jordan ralentit. Puis elle referme la portière, nous fait un signe discret de la main et se dirige courageusement vers l'entrée des bureaux. Elle se retourne et nous adresse un petit signe de tête avant de pénétrer les lieux. Puis Jordan redémarre tout droit.

« Où tu vas ? C'est de l'autre côté chez Suzy.
- A Fontainebleau.
- Quoi faire ?
- Il est temps de vous racheter des téléphones, à Suzy et toi. Il faut qu'on puisse communiquer tous les trois. Afin de rester en contact. »

J'attends Jordan dans la camionnette garée dans une rue passante. C'est long. Acheter un téléphone dans une boutique prend tellement de temps que pour en acheter deux, on en a forcément pour une demie journée. Mon coeur fait un bond, je me baisse sur le siège. J'ai cru apercevoir Lancelot au coin de la rue. Impossible. Qu'est-ce qu'il ferait ici ? C'est sans doute une coïncidence, ou alors ce n'est pas lui. J'épouse la forme de la banquette et reste planqué là, le coeur à cent à l'heure. Si c'était lui, il a largement eu le temps de s'éloigner. Je me rassieds correctement, les mains moites.

Jordan revient et s'installe derrière le volant. Il me sort un smartphone d'une marque que je ne connais pas d'un sac en plastique.

« Voilà, c'est le tien. Je l'ai configuré et tout. J'espère qu'il va te satisfaire. Je m'occuperai de celui de Suzy à la maison.
- Merci, t'es un vrai frère.
- Je sais pas ce que c'est, j'en ai jamais eu.

- Moi non plus.
- Alors ça doit ressembler à ça.
- Sûrement. »

Je cherche l'explorateur internet et recherche Gregory Brunois à Nanterre. Je tombe rapidement sur le téléphone fixe de mon ancien colocataire sur les Pages Blanches et inaugure mon nouveau téléphone de son tout premier coup de fil en numéro masqué. La tonalité s'étend. Puis on décroche.

« Oui ? fait une voix méfiante.
- Greg ? C'est toi ?
- Oui, qui est-ce ?
- C'est moi, Joseph. »

Un silence. J'entends une expiration énervée.

« Tu devrais pas appeler ici, Joseph. Deux mecs sont venu me rendre visite l'autre jour. Il y en a un qui portait la casquette de Pablo sur la tête. Pablo dont je n'ai plus de nouvelles depuis des mois.
- Merde ! Greg qu'est-ce qu'il s'est passé ?
- Ils voulaient savoir où t'étais. Comme je savais pas j'ai pris des coups plein la gueule. Et je peux te dire qu'ils s'étaient pas lavés les mains.
- C'est pas vrai ... Non c'est pas vrai ... Ils ressemblaient à quoi ?
- Un gros chauve d'environ trente ans et un plus jeune qui avait la casquette de mon pote sur la tête. J'ai passé un sale quart d'heure, crois moi. »

Je n'ai aucun mal à le croire. C'est bien Lancelot. Et surtout bien Jackson. Ils ont dû le passer sévèrement à tabac.

« Quoi qu'il en soit je te déconseille de te pointer dans le quartier. Je sais qu'on surveille les allées venues devant chez moi. Tu es attendu. Et pour de mauvaises raisons, si tu veux mon sentiment.
- Je suis désolé, Greg. Je ne sais pas quoi dire. Je t'ai mis dans la merde.
- Fais attention à toi » dit-il avant de raccrocher.

C'est fini pour ma gueule. Ils ont mon nom, l'adresse de mon appartement, je suis complètement coincé. Je ne peux pas porter plainte contre Le Brochet. Je vais dire quoi aux flics ? Jordan me secoue l'épaule.

« Ça va pas ? Tu as l'air vachement distrait.
- Oui ... Non c'est la merde. Tu saurais pas toi, par hasard, comment on obtient des faux papiers ? »

Jordan fait chauffer le moteur. Quelques minutes plus tard, je le suis dans un centre commercial. Il me pousse dans le photomaton.

« Assieds-toi et souris pas » dit Jordan.

La plaquette de photos vient d'être recrachée. J'ai une sale tête, décoiffé et mal rasé. C'est parfait. Sur ma photo d'identité officielle j'ai l'air si raide que le contraste est saisissant. J'ai à présent une vraie photo de criminel. Ou de connard.

« Et maintenant ?

- Je te ramène à la maison et je repars, dit Jordan. Je serai de retour dans quelques heures. Si je ne reviens pas, n'appelle pas la police. »

*

Il fait déjà nuit lorsque Jordan rentre dans la maison où j'attendais, seul, feuilletant un livre de la bibliothèque de Suzy sans être capable de lire ne serait-ce que le titre.

Il a les joues rougies par le froid, et s'allonge tout de suite sur le canapé.

« Suzy n'est pas encore rentrée ?
- Pas encore. »

Il extirpe un sachet de Petits Ecoliers écrasés de sa poche et mâche la bouche ouverte. J'ai l'impression de vivre un soap. Là tout de suite ma vie ressemble à une sitcom écrite par un stagiaire. Jordan sort un petit livret brun de sa poche arrière.

« Voilà ton nouveau passeport. Tu t'appelles Hanz Joubert.
- Pourquoi un prénom allemand ?
- C'est le premier qui m'est venu à l'esprit.
- T'aurais peut-être dû attendre le deuxième.
- Tu t'en fous, c'est pas ton vrai prénom.
- Non, heureusement.
- Et c'est pas non plus le prénom que t'aurais choisi.
- C'est sûr.
- Alors c'est très satisfaisant.
- Tu as raison. Merci frangin. »

Je feuillette le document à l'imitation parfaite et regarde Jordan qui ne fait plus attention à moi, occupé à former un cornet avec l'emballage de ses biscuits pour faire tomber toutes les miettes dans sa bouche. Chaque jour Jordan me stupéfie. Tout le monde le prend pour un imbécile. Moi aussi je suis tombé dans le piège, lorsque je l'ai rencontré pour la première fois. Tout le monde le prend pour l'idiot du village avec sa dégaine de plouc, son bégaiement intermittent et son usage étrange du vocabulaire. Ainsi personne ne le voit venir. Je crois qu'il le fait exprès. Quoi qu'il en soit, il a tout compris. Il est très fort.

Une voiture se gare dans la petite allée. Je vois la silhouette de Suzy filer devant les fenêtres avant d'apparaitre dans le salon, le visage fermé.

« Ça va, ça va » dit-elle très vite avant que l'un de nous ne pose la question.

Elle s'affale sur un fauteuil et enlève ses escarpins. Jordan lui tend un téléphone neuf qu'il a orné des stickers brillants.

« Tiens, c'est pour toi. Je te l'ai personnalisé.
- Merci Jordan. »

Elle se lève et dépose un baiser sur sa joue. Jordan rougit. Je ressens une pointe de jalousie.

« Alors ? je demande. Raconte comment ça s'est passé.
- Je peux avoir une cigarette d'abord ? Et un verre de vin aussi ? S'il te plaît. »

Elle est chiante. Je vais lui chercher et lui apporte mais je n'ai pas le droit à un geste affectueux. Suzy boit une gorgée, se masse la cheville et défait une épingle dans ses cheveux.

« Je leur ai dit que j'étais rétablie et j'ai repris mon poste. On ne m'a pas posé de questions particulières.
- Comment tu te sens ? je demande.
- Bizarre.
- Il s'est passé quelque chose ?
- Non, non. Il ne s'est rien passé de particulier. Mais ... bon ...
- Mais bon quoi ?
- Il y a quelque chose de malsain, là-bas. Je me sens totalement étrangère à mes collègues. Et je sais que ce n'est pas dû au fait que je revienne après une longue absence. Quelque chose a changé, mais quelque chose avait peut-être déjà changé avant.
- C'est à dire ?
- Les gens sont bizarres, là-bas. On dirait qu'ils sont là pour une mission. D'accord, ils sont là pour une mission, c'est leur travail. Mais c'est bizarrement exécuté, je ne sais pas ... Je sais pas comment dire, mais on dirait des espions.
- Des espions ?
- Non, mais ce ne sont pas des espions, c'est une impression, je n'arrive pas à le définir autrement. Je me sens *sous surveillance*. Je sais que c'est pas normal de penser ça. Pas normal du tout. C'est de la paranoïa. C'est très grave. »

Elle se cache le visage dans les mains et renifle. Jordan vient s'assoir à côté d'elle.

« Combien de personnes travaillent là-bas exactement ? demande-t-il.
- Je n'ai pas le compte exact. Nous devons être un peu moins de quatre cents dans la maison mère, je crois.
- Et il y a souvent des nouveaux employés ?
- Il y a du passage, oui, c'est une boîte importante.
- J'imagine qu'il y a une cantine ou une cafétéria ? Une équipe d'entretien durant la journée ? Des gens qui nettoient je précise.
- Oui il y a tout ça. C'est un grand groupe, pas une porcherie. »

Jordan réfléchit. Quand il réfléchit il a toujours l'air très grave, ou l'air de souffrir énormément. Puis il reprend le nouveau téléphone de Suzy posé sur la table basse et lui met dans la main.

« Ecoute moi bien. Voilà ce que tu vas faire. Demain, tu prendras des photos de tout ce que tu pourras. Plans du bâtiment, badges d'accès s'il y en a, code vestimentaire des vêtements, locaux, tout ce que tu peux. D'accord ?
- Je peux faire ça, mais je ne vois pas l'intérêt.
- Fais moi confiance. J'ai une idée saisissante. »

Elle ne semble pas emballée pour autant. C'est pourtant le moment que je choisis pour enfoncer le clou.

« Tu peux te renseigner sur la prochaine visite de Jeff ?

- D'accord », fait-elle.

Elle se replie sur elle-même, éprouvée, sur le point de craquer. Un masque de douleur se peint sur son visage. Je vois ses yeux se remplir de larmes qu'elle s'efforce de ne pas faire tomber en bloquant sa respiration. Jordan se lève et insère un disque dans la chaine hi-fi. Sinatra se met à chanter dans le salon et Jordan tend la main à notre protégée.

« Viens, Suzy, ça va te faire aller mieux. »

Et il la fait danser.

CHAPITRE 27

Les heures défilent, la journée passe lentement en attendant le retour de Suzy du travail. Jordan tourne en rond, mange ses biscuits et de temps en temps se laisse hypnotiser par la télévision. Je tourne en rond aussi. Ne rien faire est devenu insupportable. Je bois café sur café et commence à avoir envie de tout casser sauf que je ne suis pas chez moi. Je n'aurais sans doute plus jamais chez moi.

L'idée de Jordan est que l'on s'infiltre chez Bellanger demain pour voir ce qu'il s'y passe de nos propres yeux. Je pense que le réel problème n'est pas l'ennui, mais le trac pour demain.

Je m'assois devant l'ordinateur de Suzy, une unité fixe posée sur un coin bureau du salon.

« Jordan ? Tu as le mot de passe de Suzy ?
- Ouais, elle me l'a donné.
- D'accord, mais c'est quoi ?
- Suzy.
- Sérieusement ?
- C'est ce que je lui ai dit. »

Je tape *Groupe Bellanger* dans le moteur de recherche. Rien de plus exotique que leur site internet, leur organigramme et la liste de filiales et pays d'implantation. Je vais sur le lien de présentation du Président du groupe, Raphaël Bellanger lui-même. Sa biographie ne m'apprend rien de ce que je ne savais déjà.

« Qu'est-ce que tu fous ? demande Jordan, les yeux rivés à la télévision.
- J'en sais rien. »

Il se lève, des fourmis dans les jambes. Il disparait et repasse par le salon, une caisse à outils poussiéreuse à la main.

« Je vais m'occuper, dit-il.
- A quoi ?
- Je vais réparer des trucs.
- Il y a des trucs cassés ici ?
- Peut-être. C'est ce que je vais découvrir.
- Okay Sherlock. »

Je poursuis ma propre enquête informatique. Je tape « Jeff ». Rien et c'est normal. J'essaye avec « Jean-François Barré » et Google m'annonce plusieurs millions de résultats. Je filtre en cherchant par images mais ne vois pas apparaître le portrait du Jeff que je cherche. Je fais plusieurs associations de mots clés, reliant Jeff aux filiales du Groupe Bellanger.

Je trouve étrange qu'il n'y ait aucun résultat. Si Jeff a fait de tour des filiales, il doit bien être mentionné quelque part. Il doit y avoir un article, quelque chose, son nom devrait apparaître. Le mien est encore présent sur de nombreuses pages bien que j'en sois licencié depuis des semaines, celui de Daniel aussi bien qu'il soit mort depuis un moment. Aucune trace de Jeff. Aucun encart, aucun article, pas la moindre ligne. Voyd est pourtant la première branche à se vanter de la moindre innovation au sein de l'entreprise, c'est tout juste s'il n'y a pas eu une conférence de presse lorsqu'on a changé les distributeurs de savon des toilettes. Hocq le disait toujours : « COM-MU-NI-CA-TION », c'était son mot préféré. Mais j'ai beau taper Jeff dans tous les sens et en diagonale. Pas un mot. Pas une ligne. Pas de Jeff. J'allume une cinquième clope.

Je l'associe à d'autres mots-clés. *Coach. Happiness Manager. Bien-être. Sale con prétentieux.* Je reviens en arrière et tape juste *Happiness.* Il y a un lien en japonais avec la photo de Jeff en col roulé, bouclettes figées dans le gel. Le portrait est une photocopie d'une photo qui lui assombrit les yeux, les rendant presque invisibles. Je ne parle pas japonais. Je clique sur le lien qui traduit approximativement la légende du portrait en anglais, mais très approximativement. Je n'ai que des bribes de phrase ou des mots qui font sens, ou l'inverse d'un sens. *Méthode cosmique.* Cela ne veut rien dire. *Méditation collective à l'égard d'individus.* Un peu plus loin, *spectres.* Du charabia mystique et mal traduit.

J'agrandis la photo. Elle est datée de 1994, il y a donc plus de vingt ans. Et Jeff n'a pas changé physiquement en plus de vingt ans. Pas une ride. J'ai le plus grand mal à contenir les battements de mon coeur. La sensation qu'il peut me voir à travers la photo. Qu'il est là, en face de moi.

J'éteins tout. Et je me repose la même question qu'à ma toute première rencontre avec lui.

Qu'est-ce que c'est que ce mec ?

*

Suzy rentre tard, une cigarette coincée entre ses lèvres. Le dîner qui l'attendait à son retour à eu le temps de refroidir. Elle laisse tomber son sac sur la moquette, écrase son mégot et s'assoit sans enlever son manteau. Elle a une tête d'enterrement. J'imagine qu'il devait en être ainsi tous les soirs, avant notre rencontre. Et lorsqu'elle rentrait le soir, elle était seule, sans personne à qui parler, sans personne à qui se confier, personne pour la rassurer lorsqu'elle se réveillait en hurlant. Je ne sais pas si elle a une famille quelque part, car elle évite systématiquement le sujet. J'ai cru deviner qu'elle avait sans doute été brièvement mariée mais de cela non plus elle ne dit rien.

Elle sort son nouveau téléphone de la poche de son grand manteau de laine.

« J'ai pris toutes les photos que vous vouliez. Est-ce que je peux avoir du vin ? »

Jordan va la servir tandis que je fais défiler les clichés des locaux, des plans du bâtiment, des uniformes du personnel de restauration et d'entretien, des badges du personnel où sont simplement inscrits noms et prénoms, ainsi que de la réserve où ils sont stockés. Jordan les examine à son tour.

« Ça m'a l'air pas mal, conclut-il. Je pense qu'on devrait pouvoir passer inaperçus en s'infiltrant incognito.

- Tant mieux, je serais rassurée de savoir que vous êtes avec moi dans le bâtiment.
- Oui, je dis, mais il faudra rester discrets. Pas question de se faire remarquer.
- Je peux ravoir du vin ? Et une clope ?
- Doucement sur le vin Suzy. Tu bois beaucoup depuis quelques jours.
- J'en ai besoin. »

Elle fait tourner le vin dans son verre de cristal à nouveau plein et noie son regard dans le tourbillon Bordeau.

« Je me suis renseignée sur Jeff. Il termine une mission chez Sanos, une filiale basée à Frankfort.
- Et après ?
- Il doit revenir chez Bellanger lorsqu'il aura terminé, dans les prochain jours. Je n'ai pas eu de réponse plus précise.
- Tu n'es pas trop consternée ? risque Jordan.
- Si, mais il y a encore autre chose qui me tracasse. Des collègues m'ont informée d'une soirée à venir pour les salariés. Pas que pour la maison mère mais au moins plusieurs filiales françaises. Une fête à laquelle tout le monde compte venir, quitte à se déplacer de loin et malgré les grèves. Il y aura des cars affrétés pour venir chercher les salariés de province.
- Rien d'extraordinaire à ça, ça se fait, je dis.
- Non, ce n'est pas l'évènement en soi ni la logistique qui m'inquiète. C'est le fait que tout le monde réponde présent au vu de la date.
- La date ?

- C'est la soirée du réveillon.
- Le nouvel an ?
- C'est ça. C'est la soirée du réveillon. Un moment que d'ordinaire, on passe avec ses proches. Et tout le monde a accepté. »

Elle repose son verre. Elle est trop effrayée pour dérouler le fil de ses pensées. Elle se lève d'un coup et s'inflige un sourire constipé.

« C'est l'heure de dîner, non ? »

CHAPITRE 28

« T'es prêt ? » demande Jordan en arrêtant la camionnette.

C'est une drôle de question. Qui est vraiment prêt, lorsqu'il s'agit de venir travailler en toute imposture au sein d'une entreprise dans laquelle il n'a jamais mis les pieds ? Quoi qu'il en soit, étais-je vraiment prêt pour ce que j'ai traversé ces deux derniers mois ?

« Non, mais je vais le faire. »

Il est sept heures du matin, il fait encore nuit. Il n'y a que deux véhicules stationnés sur le parking à l'arrière du bâtiment. Les cadres arriveront une heure plus tard depuis le parking de devant, et Suzy avec eux, seule.

« Tiens, voilà, c'est parti » dit Jordan.

Son aisance en toutes circonstances m'impressionne. Ou il ne réfléchit absolument jamais aux conséquences de ses actes, ou il sait toujours parfaitement ce qu'il fait même lorsqu'il va vers l'inconnu. On sort de l'utilitaire pour suivre deux employés qui entrent dans le sas. Ils ne nous dévisagent pas, se contentent d'un simple bonjour en nous tenant la porte. Jordan m'adresse un clin d'oeil. C'était trop facile.

Quelques instants plus tard, nous sortons des vestiaires, dotés d'un badge avec un nom imaginaire sur nos uniformes de travail. Jordan porte le tablier rouge de la cafétéria et moi la blouse bleue d'agent d'entretien. Je pousse un charriot de produits ménagers dont les roues couinent sur la moquette rêche. Jordan suit la flèche qui indique la cafétéria et nous nous adressons un signe de tête avant de nous séparer.

Au premier étage, j'entre dans une salle de réunion à grande fenêtre que je fais semblant de nettoyer, en surveillant les allées et venues du couloir. Les salariés commencent à affluer au bout d'une trentaine de minutes. Des hommes et des femmes d'une moyenne d'âge de quarante ans, vêtus de blazers. Tous avancent vers leurs emplacements de travail respectifs d'une démarche machinale, sans s'attarder, sans traîner des pieds. Une seule personne tourne la tête vers la salle de réunion où je me trouve. C'est Suzy. Elle me reconnaît. Elle reste interdite quelques secondes de l'autre côté de la vitre. Elle retient un fou rire. Sympa. Elle se fout carrément de ma gueule et s'empresse de détourner les yeux pour s'enfuir vers son poste de travail. Suzy tranche avec le flux de cadres qui passe. On la dirait seule à être capable de rire. Et ce n'est pas peu de choses, lorsque l'on sait dans quel état de détresse mentale elle se trouve.

Et tous passent sans échanger un mot, ni bâillement ni soupir. Ça marche droit, d'un pas efficace. Les personnes semblent nettement plus raides que chez Voyd et je ne pense pas que l'on soit plus détendu à la Défense. Ce devrait être l'inverse.

Je passe discrètement par un open space que je fais mine d'épousseter ici et là sans que personne ne lève les yeux sur moi. Mon existence est parfaitement ignorée. Chaque personne est assise à son poste, le regard aussi concentré que vide sur les écrans et dossiers. Et personne ne communique à voix haute. Des échanges de dossiers se font en silence, sans un mot. Comme s'il n'y avait pas besoin d'échange verbal. Je n'ai jamais vu un espace collectif de travail aussi silencieux. Je suis mal à l'aise. J'ai l'impression de perturber la salle avec mes mouvements, si léthargiques soient-ils, et les froissements de ma combinaison, de produire des décibels douteux.

Je sors d'ici. Je prends l'ascenseur en compagnie d'un homme en costume qui garde les yeux fixés sur les portes automatiques et rejoins le rez-de-chaussée.

Jordan est derrière le comptoir de la cafétéria, occupé à disposer des muffins et des croissants sur un présentoir à l'aide d'une pince.

« Ça va Jordan ?
- Ouais, chuchote-t-il en poursuivant sa tâche.
- C'est vrai que l'ambiance est bizarre, je dis. Mais j'arrive pas vraiment à la définir. Je crois que c'est la forme du problème. J'arrive pas à mettre de mots, tu vois ?
- Ouais, ouais, on peut en parler plus tard ? Ça va être le rush de fin de matinée là. J'ai du travail. »

Je quitte Jordan, rattrapé par une conscience professionnelle pour un emploi qu'il n'occupe pas et pour lequel il n'est pas payé. Je reprends ma déambulation dans les couloirs en poussant mon charriot.

Les heures défilent. Je n'ai pas déjeuné. J'ai continué à me balader. Il n'y a rien d'intriguant à première vue. Je ne peux juger du comportement des employés que je croise car je ne les ai jamais vus avant et n'en ai jamais entendu parler. Mais ils ont un dénominateur commun. Quelque chose que Suzy n'a pas. Ils semblent mornes, monocordes, posés, aussi volontaires qu'inanimés. C'est cela qui manque. Je n'entends pas d'éclats de voix, aucune exclamation plus forte qu'une autre, aucun geste vif, pas de démarche hâtive entre les salles, de retards, ou d'anxiété. C'est cela, la chose. Ils n'y a pas de stress, pas d'agacement, ni fous rires étouffés, ni bavardages ni éternuement. Rien ne dépasse, rien ne déforme le calme. Les gens qui travaillent ici sont apaisés. C'est pour cette simple et bonne raison que Suzy se sent si seule, si déconnectée.

Jeff a vraiment bien fait son travail. Mais pas sur tout le monde.

Pourtant cette sensation d'apaisement devrait être contagieuse. Suzy ne la ressent pas. Et moi non plus. Le seul moyen que j'aurais pour me comporter de la même manière que les collègues de Suzy serait de me perfuser au Valium en continu. Au contraire, cette sérénité m'oppresse. Suzy a raison, il y a quelque chose de malsain. Je laisse mon chariot et m'avance vers la fenêtre au fond du couloir désert. J'ai besoin de respirer, je sens une nausée monter. Je desserre mon vêtement de travail pourtant lâche. Mes pas sont lourds, ralentis, lestés, comme si le sol devenait mou aux contact de mes semelles, que les murs ondulaient jusqu'au fond du couloir, un tunnel mouvant comme un coeur qui bat. Un bruit d'électricité bourdonne dans l'air, me vrille dans les oreilles. Un bruit de vortex sourd, je me sens perdre l'équilibre, saisi de vertiges. Mon souffle raccourcit. Si je ne m'enfuis pas je vais m'évanouir. Je me bouche les oreilles, me retourne et cours m'enfermer dans les toilettes.

Le cabinet étroit à la propreté clinique ne bouge pas. J'ai dû faire un malaise. Je me suis trop monté la tête. Je me suis laissé piéger par mon anxiété. Tout est normal. Presque normal. A peine anormal. Je vais bien. Il n'y a pas de vortex.

Pas de vortex, pas de problème.

*

Suzy mange en silence. J'ai à peine touché mon plat. Je n'ai pas souhaité m'exprimer sur ma journée. Je n'ai rien raconté du malaise du couloir. Je ne veux pas effrayer Suzy. Je ne veux pas qu'elle pense à ça. Je ne veux surtout l'oublier, aussi.

Jordan mange de bon appétit, intarissable sur sa journée à la cafétéria. Pour lui les gens qui travaillent dans des bureaux, c'est l'inconnu. Ce sont par définition des gens à part, il n'en connaît pas. La seule chose qui étonne Jordan, c'est que les sandwichs proposés à la cafétéria proviennent d'un prestataire extérieur au lieu d'être préparés sur place.

CHAPITRE 29

Mon téléphone vibre dans la poche de ma blouse en fin de matinée. Un message de Suzy.
Il est là.
Jeff est de retour.

J'agrippe mon chariot et le pousse au pas de course avant de me souvenir que courir ici serait suspect. Marcher vite également. Je ralentis le pas, je dois me forcer pour marcher lentement, à la limite de l'insoutenable. Je m'arrête devant le hall d'entrée et reste dans un angle mort.
Une cinquantaine de salariés observent Jeff qui traverse le hall. Il est accueilli ici comme un prophète, respecté et adulé avec une distance respectueuse. Les gens se rapprochent de lui comme d'un totem, attirés par Jeff comme des aimants. Ils se rapprochent sans être intrusifs, mais ils se resserrent autour de lui, absorbés par sa présence, pris au piège de son aura, avec la volonté de le suivre telle une nuée bourdonnante. Et Jeff salue d'une poignée de main chaque individu se trouvant directement sur son passage en les appelant par leurs prénoms. Je m'engouffre dans un recoin avant qu'il ne passe devant moi. Devant son assemblée improvisée, il entre seul dans l'ascenseur réservé à la direction qui mène directement au dernier étage.

*

L'étage de la direction n'a rien à voir avec les autres. Le couloir qui dessert l'ensemble des pièces est beaucoup plus vaste, et les matériaux, sobres et impersonnels aux étages inférieurs, sont ici fastueux et élégants. Mes chaussures font un écho sur le carrelage en marbre. Je n'ose pas trainer mon chariot dans ce silence.

Un jeune homme à la coupe en brosse sort de l'ascenseur avec une desserte contenant des plateaux repas. Il porte une blouse de la cafétéria. Je m'approche rapidement.

« C'est pour qui ? je demande.
- Vous êtes qui ? répond-t-il en me toisant. C'est pour le Président et son invité.
- Je vais le leur apporter.
- Pardon ?
- Prêtez-moi votre tablier ... s'il vous plaît.
- Certainement pas, dit-il d'un ton calme. C'est mon travail. Vous êtes homme de ménage. Et je ne vous ai jamais vu.
- S'il vous plaît, j'insiste.
- Je vous ai dit non, j'ai ... »

Il cesse d'argumenter. Il cesse carrément de bouger. Doucement, il recule d'un pas en ouvrant grand les yeux. Un regard d'horreur silencieuse. Pétrifié, il recule. Il recule comme devant une bête sauvage prête à lui sauter à la gorge, lui arracher la tête d'un coup de mâchoire pour un mouvement trop vite exécuté. Cette bête immonde, cette menace mortelle, c'est moi. Une tâche sombre apparaît sur le bas de son pantalon et en imprègne le tissu. D'un mouvement tétanisé, il fait glisser son tablier et me le tend sans me quitter des yeux.

« Bien sûr » articule-il la bouche sèche, les lèvres tremblantes.

Il est sur le point de fondre en larmes, de gémir, de supplier. Je saisis le tablier d'un geste sec. Moi aussi j'ai peur. Le garçon continue de reculer en me surveillant. Puis il disparait à toute vitesse de mon champ de vision. Je n'entends plus que sa course folle dans la cage des escaliers de service. *Boum ! Boum ! Boum !*

J'enfile la blouse rouge de ma nouvelle victime et secoue la tête pour faire s'en aller les frissons incontrôlables qui m'assaillent. Avec encore cette question qui revient. Qu'est-ce qu'il a vu derrière moi ? Qu'est-ce qu'il a vu *en moi* ?

Qui est cet hôte invisible ?

Qu'est-ce que j'ai *à l'intérieur* ?

Je reprends mon souffle. Un coup franc et précis sur la porte.

« Entrez », fait une grosse voix.

J'ouvre la porte. Je vois Raphaël Bellanger pour la première fois, assis devant une immense table de bois vernie. Il lève à peine un sourcil pour prendre acte de ma présence et s'écarte légèrement de la table pour se laisser servir. Jeff est assis en face de lui. J'évite de lui montrer mon visage de face. Mais je sens son regard sur moi. Je le sens suivre le moindre de mes gestes. Silence dans le bureau. Le temps est comme suspendu tandis que je dépose les couverts en maîtrisant mes tremblements. J'oublie de respirer. Lorsque je me redresse et saisis les poignées du chariot, mes yeux se posent accidentellement sur lui. Jeff me sourit.

Et je sais qu'il m'a reconnu.

Je sens mes pas raides, durs, alors que je sors. Lorsque je referme la porte, je manque de m'étrangler d'une indicible peur.

Je mets un temps infini à trouver mon chemin. La peur m'empêche de réfléchir correctement. Je laisse le chariot près des cuisines et regagne les vestiaires déserts. J'ai besoin d'eau froide sur le visage. Il se passe quelque chose. Il s'est passé quelque chose chez Voyd. Daniel ne s'est pas crevé les yeux sans raison. Plaider la folie est trop facile.

*

Je rejoins Jordan à la cafétéria. L'heure des fringales de l'après-midi n'est pas encore venue. Deux employées sont assises face à face autour d'un mug de café. Derrière le comptoir, Jordan s'est accordé une pause, assis sur un tabouret. Il manipule un minuscule objet vert.

« Ah t'es là ? dit-il en levant la tête.
- Qu'est-ce que tu as dans les mains ?
- Un ravissant porte-clé. »

Il lève le ruban à hauteur de ses yeux et la petite pierre verte oscille comme un pendule devant son nez. Je la lui arrache des mains.

« Hé ! proteste-t-il. Qu'est-ce que tu fais !?

- Qui t'a donné ça ?
- Jeff.
- Quand ?
- Tout à l'heure dans le couloir. Il m'a demandé depuis quand je travaillais ici et il m'a donné ça. Il est vraiment gentil.
- Jette ça tout de suite. C'est de la merde. »

Je fourre mon bras au fond de la poubelle cachée sous la caisse.

« Tu sais où il est maintenant ?
- Qui ça ?
- Jeff ? Tu l'as revu dans les parages ?
- Il fait faire des exercices dans la salle de réception.
- Viens avec moi. »

La porte est restée entrouverte. Je me glisse dans l'entrebâillement. Les salariés de Bellanger sont debout, comme des pions déchaussés, les yeux fermés. Ils se balancent doucement d'un pied sur l'autre. Jeff circule lentement, slalome entre ses élèves aux paupières closes. Lorsqu'il passe à proximité de Suzy, elle s'empresse de fermer fort les yeux qu'elle était la seule à avoir gardé ouverts. Jeff s'arrête une fois face à elle. Il reste planté devant Suzy, scrutant son visage, s'y attardant avec le plus grand intérêt, un sourire creusant sa fossette. Il m'a déjà fait ça lors de nos exercices chez Voyd. Je n'avais rien perçu. Suzy ne se doute pas une seconde qu'il est planté devant elle et tend une main au dessus de son crâne. Il reste ainsi, la main planant au-dessus de la tête de Suzy dont les jambes trahissent sa nervosité.

« Vous faites ça tout le temps ? chuchote Jordan.
- Jordan tais-toi bordel ! »

Lentement, la silhouette de Jeff se retourne. J'attrape Jordan par la manche et le tire. Je l'entraine en courant sur la pointe des pieds jusqu'à la cantine.

« Fais plus discret, Jordan, je t'en supplie.
- Plus discret par quelle procédure ?
- Rien. C'est pas grave. »

*

Dix-huit heures trente. Il fait nuit. J'ai terminé mon travail en carton. Jordan va terminer une demie-heure après moi. Je sors fumer sur le parking de derrière. Je me cale dans un recoin, à l'abri des regards. Peu à peu les salariés sortent et quittent le parking à bord de leurs véhicules. Le temps est glacial sous la lune froide qui apparaît à l'horizon. Je fume lentement, je fais étirer le temps. J'écrase le mégot dans le cendrier avant qu'il ne me brûle les doigts.

Lorsque je relève la tête, Jeff se tient devant moi. Je recule contre la poubelle dont le couvercle fait un bruit métallique. Jeff se trouve à deux pas, immobile et me sourit. Ses yeux sont immenses. Grands, trop grands, d'une couleur anormale. Une couleur qui remue à l'intérieur des iris. J'ai mal au ventre. Une brûlure dans les entrailles. Je me pétrifie. Ses yeux oscillent sans bouger. L'oeil dans le ciel. Je sens mes jambes s'engourdir. Une délicieuse sensation qui ... Jeff essaye de m'hypnotiser. Ce fils de pute essaye de m'endormir de moi-même. Je me mets une claque. Je secoue fort la tête.

Personne devant moi. Jeff est parti.

A-t-il seulement été là ?

CHAPITRE 30

La nuit teint les baies vitrées d'un océan noir. De l'extérieur, nous ressemblons à des personnages d'Edward Hooper, attablés devant la cheminée du salon.

Jordan mâche en me fixant de son fameux regard vide qui ne l'est pas. Je n'ai rien raconté à mes deux amis de ce que j'ai vu ou vécu aujourd'hui. Au début, je me disais dans un élan d'altruisme que je ne voulais pas effrayer Suzy plus qu'elle ne l'est. Mais à mesure que les heures passent me vient ce douloureux constat. Moi aussi, je suis terrifié. Il se passe quelque chose d'indicible. Quelque chose d'atmosphérique qui dépasse la compréhension humaine. Quelque chose provenant d'une autre entité, d'un autre entendement. Une contagion inconnue, un glissement dans une réalité visqueuse et d'outre-monde à la veille du nouvel an. Comme si une nouvelle ère allait s'ouvrir.

Je finis par briser le silence.

« Comment on fait pour demain soir ? Il y aura un filtrage à l'accueil ?

- Je ne pense pas, dit Suzy. On m'a donné un carton avec les informations pratiques, le plan d'accès, mais il n'est pas nominatif. J'en ai pris deux de plus pour vous sur une pile dans le bureau de l'assistant de Belinda pendant qu'il était aux toilettes.
- C'est loin d'ici ? demande Jordan. Ou près ?

- Non, ce doit être à quinze minutes de voiture. C'est un domaine dans la forêt de Fontainebleau.
- Et tu crois qu'on pourra s'infiltrer comme ça, Jordan et moi ?
- Je pense qu'il y aura assez de monde pour que vous passiez inaperçus. Tous les salariés des filiales françaises sont invités. Il faut juste vous trouver un costume cravate et vous passerez comme dans du beurre.
- Et si on ne passe pas comme dans du beurre ?
- Je dirais que vous travaillez chez Bellanger. Ce que vous faites déjà sans être payés, quelque part. Et si … »

Un fracas. Une porte a claqué au fond de la cuisine. Jackson et Lancelot font irruption dans le salon avant même que je n'aie eu le temps de me lever. Jackson empoigne Suzy par les bras et la traîne au sol sous ses hurlements. Le temps que Jordan et moi, ahuris par la vitesse fulgurante de l'intrusion ne soyons levés, Jackson a traîné Suzy jusqu'à la baie vitrée et a placé une courte lame sous sa gorge. Lancelot se tient devant leur otage, nous faisant face. Pétrifiée, Suzy a cessé de bouger. Elle suffoque, son nez coule.

« Toi, dit Lancelot en pointant son flingue dans ma direction. Tu viens avec nous, et on repart en laissant laissant ta copine en vie. Invitation personnelle du Brochet »

Il sourit, et rajuste de sa main libre la casquette de Pablo sur son crâne.

« Laissez la ! crie Jordan.

- T'es qui toi ? fait Jackson.
- Je suis Jordan, crie Jordan.
- On la laissera quand ton ami aura pris la bonne décision de partir avec nous. On a des choses à discuter ensemble.
- D'accord, je dis en avançant d'un pas tremblant. Mais lâchez la.
- Joseph non !! s'écrie Suzy. N'y va pas ! Ils vont te tuer !
- C'est toi ou moi, Suzy. Lâchez la tout de suite, je vous suis.
- Non non non non non, » crie Suzy en se débattant, maintenue par les bras énormes de Jackson.

Puis Jordan vole à travers la pièce, un tisonnier à la main. Surpris, Lancelot se baisse, tire dans le mur, puis dans une nature morte avant de recevoir le tisonnier sur le tibia. Un moment de stupeur. Jordan reprend son souffle et Lancelot relève son arme.

« Dis-donc Joseph, dit ce dernier. Entre la gonzesse et ton copain, ils sont coriaces, tes potes, on dirait ... on dirait que ... »

Il s'est étrangement mis à bégayer. Ses épaules se sont raidies. Sa bouche s'agrandit, sans mot. Il me regarde toujours. Il veut reculer mais son dos rencontre le mur.

« Lancelot, il t'arrive quoi ? » fait Jackson.

Lancelot ne répond pas. Un filet de voix s'échappe de sa gorge.

« Non, lâche-t-il dans un murmure.
- Qu'est-ce que c'est que cette merde Lancelot qu'est-ce que t'as ? » s'impatiente son acolyte.

Lancelot ne répond pas. Tout son corps semble retenir une convulsion terrifiée, statufié de terreur. Jackson perd de son assurance. Je devine de la peur sans ses yeux qui fouillent là où Lancelot regarde, mais lui ne voit rien. Il ne voit rien mais il a peur. Les deux jambes arquées sur le sol, comme avant un tremblement de terre, une posture hésitante avant de fuir.

« Non, non ... » murmure-t-il à son tour, comme une prière dans l'urgence.

Soudain, Jackson relâche Suzy. Il attrape Lancelot, le jette sur son épaule et s'enfuit avec lui.

Nous restons stupéfaits, englués dans une sueur froide au milieu du salon. Quelques secondes plus tard, un véhicule jaillit à toute vitesse hors de la propriété. Et Suzy se jette dans mes bras, laissant enfin libre cours à sa panique à retardement.

CHAPITRE 31

Il règne une excitation sous-jacente sur ces visages inanimés. Dans les locaux du Groupe Bellanger, il a comme une atmosphère de dernier vendredi d'école avant les vacances. Un bouillonnement qui attend de jaillir. Une fébrilité à peine perceptible. Je suis moi aussi dans un drôle d'état. Quelque chose se prépare.

J'ai poussé mon chariot dans chaque couloir de chaque étage et n'ai vu nulle trace de Jeff. De temps en temps, je reçois un texto de Suzy me faisant part des informations qu'elle parvient à glaner sur la soirée du réveillon. Il y aura environ deux mille personnes dont la plupart arriveront par des cars. Les salariés du Groupe venant de province n'ont pas travaillé ce vendredi. La propriété où se déroule la fête appartient à la famille Bellanger. Nous devons y être pour vingt-et-une heures. Personne n'en sait plus mais tout le monde y va.

Jordan s'est absenté de la cafétéria pour nous procurer des costumes dans une boutique de Fontainebleau que Suzy lui a indiqué.

« Chers collaborateurs » résonne une voix dans les murs.

Je m'immobilise seul dans un corridor. Cette voix venue de nulle part semble être celle du bâtiment. Je secoue la tête, saisi d'un violent frisson. Je reconnais la voix de Raphaël Bellanger. Il doit y avoir des enceintes dans les murs.

« Afin de pouvoir vous organiser en vue de la soirée du réveillon, nous vous annonçons que nos locaux fermeront leurs portes à dix-sept heures. Ne vous privez pas de partir plus tôt si vous le souhaitez. Je vous souhaite une bonne fin d'après-midi, et toute la direction sera ravie de vous accueillir au cocktail de ce soir. »

Je lève les yeux. Je ne vois aucun système de son. Pourtant, c'est comme si Raphaël Bellanger s'était trouvé face à moi.

*

Jordan a étendu mon costume sur mon lit. Je sors de la douche et une buée opaque me suit dans la chambre. J'ai la gorge serrée. Lorsque je noue ma cravate, j'ai l'impression qu'elle va m'étrangler. Jordan m'appelle depuis sa chambre.

Il se trouve face au miroir en costume sombre, une cravate de soie rouge dans les mains dont il a l'air de ne pas savoir quoi faire.

« Comment on met ça ? Avant c'était Tatine qui accrochait mes cravates pour les enterrements de ses copains. Pour être chic au cimetière.
- Je vais t'aider. Suzy est prête ?
- Je crois qu'elle prend sa douche.
- Encore ?
- Oui, on dirait qu'elle ne veux pas en sortir. »

J'avance à pas prudents sur le palier. La porte de la chambre de Suzy est entrouverte. Elle est assise sur son lit dans une robe patineuse sombre et un ruban de la même couleur dans les cheveux.

« Tu es déjà prête ? »

Elle acquiesce. Sa bouche maquillée se déforme d'une grimace d'amertume. Elle fixe le bout de ses escarpins.

« Qu'est-ce qu'il y a ?
- Je ne veux pas y aller. »

Un hoquet de pleurs étouffés. Je m'assois à côté d'elle et la berce dans mes bras.

« Suzy, c'est peut-être la seule chance qu'on ait de comprendre ce qu'il se passe ici. Pourquoi nos vies sont parties en vrille, pourquoi mon collègue s'est planté des stylos dans les yeux et pourquoi le tien vis comme un mort vivant.
- Tu en es sûr ?
- Non. Mais c'est la dernière fois que je te demande un effort. Je te promets.
- D'accord », dit-elle en séchant ses larmes.

Puis elle se lève.

*

Jordan conduit la voiture de Suzy. Assise sur le siège passager, elle tourne les commandes du GPS. Une salve de mots grossiers s'échappe de sa voix éraillée. Je penche ma tête entre les deux sièges.

« Tu n'arrives pas à mettre l'adresse ?
- Non, l'ordinateur ne la reconnait pas.
- C'est pour ça qu'ils ont imprimé le plan d'accès sur l'invitation. Tu l'as ?

- Oui, dit-elle en sortant le carton plié en deux de son sac.
- Guide-moi alors, demande Jordan. Ou alors dis moi où c'est.
- A droite. »

Les routes rétrécissent au fil des minutes et nous avalons les kilomètres comme ceux d'un enterrement, graves et recueillis.

« A gauche, dit Suzy au bout de quelques minutes d'une route sans éclairage.
- T'es sûre ?
- Oui. Tout droit sur deux kilomètres. Il n'y a pas d'intersections. »

L'habitacle a vite fait de devenir un aquarium, entre la fumée des cigarettes de Suzy et des miennes. Jordan tousse et nous engueule.

La voiture s'engage à travers un bois dense sur une route mince où les voitures ne peuvent se croiser. Une Mercedes apparait derrière nous et éblouit Jordan dans le rétroviseur avant d'éteindre ses feux de route. Nous parvenons à une boucle où la route s'élargit sensiblement. Devant nous, un car négocie soigneusement le virage. Nous sommes bien dans la bonne direction. Devant le car, il y encore deux voitures. Et derrière nous, les véhicules s'agglomèrent, quand bien même l'aurions-nous voulu, nous ne pourrions plus faire demi tour. Et toute cette procession se dirige vers un château blanc dont les toits percent désormais la cime des arbres. Une pleine lune se lève au dessus du monument.

« C'est beau », souffle Suzy.

Le cortège franchit un portail de pierre et de fer. Au loin, des voituriers récupèrent les véhicules particuliers depuis les marches du perron tandis que les chauffeurs des cars manoeuvrent en épi le long d'un parking de graviers. De partout, des portières claquent, et des adultes endimanchés grimpent par grappes les marches des escaliers.

« Oui c'est une architecture admirable, confirme Jordan. On y va ? »

Il se passe un long moment avant que Suzy et moi ne nous décidions à répondre.

CHAPITRE 32

Nous gravissons les marches et sommes accueillis par un valet souriant qui nous tient la porte. Nous lui tendons nos cartons qu'il ne prend pas la peine de vérifier et nous souhaite une excellente soirée. Un vestiaire se tient à l'entrée du grand vestibule.

« Laissez vos manteaux, mais gardez vos téléphones » demande Suzy.

J'observe le flux de personnes qui rentrent tandis que nous attendons notre tour. Si l'ambiance est certes loin du pot de départ en pré-retraite de Josiane, elle n'en est pas moins sinistre. La démarche des gens qui entrent dans cet édifice a quelque chose de solennel, telle une procession de fidèles marchant vers un sacrement.

La grande salle est déjà ouverte. Suzy entre la première. La pièce de pierres blanches et de marbre clair est un cercle immense. Un orchestre en smoking joue des valses sur une estrade. Tout le long des murs se dressent des buffets de boissons et de pièces salées de toutes sortes.

« On peut manger ce qu'il y a ici ? demande Jordan, l'eau à la bouche. J'ai une véritable passion pour les buffets terre et mer.
- Oui Jordan, je ne crois pas que la bouffe soit empoisonnée non plus, faut pas exagérer.

- Cool, » dit-il avant de disparaître.

J'aimerais avoir ce don pour l'oubli. Je me fonds dans la foule avec Suzy. Tout est mesuré, semble-t-il. Personne ne parle fort, personne ne rit trop fort car personne ne rit tout court. Les conversations atones s'exécutent presque en messes basses.

« Ne ris Surtout pas, Suzy. Tu te ferais remarquer.
- Je n'en ai nullement l'intention.
- Evidemment. »

Je la prends par la main, et nous fendons la foule de murmures. Je m'arrête soudain, lui dis que je reviens et avance seul. J'avance vers une silhouette que je connais. Une silhouette auprès de laquelle j'ai dormi, une chevelure et des mains avec lesquelles je suis parti en voyage, une bouche que j'ai vu mille fois sourire. Coraline tient un verre à la main, en compagnie de son assistante Jessica et ses collègues de chez Cynq. Tous forment un cercle, tournés les uns vers les autres, comme placés là, stagnant paisiblement entre ombres pâles.

« Coraline ? »

Elle tourne la tête. Elle cligne des yeux plusieurs fois à la manière d'une poupée défectueuse. Aucune expression dans ses yeux, comme si elle me reconnaissait pas. Ou que mon souvenir fut si inconséquent que le constat ma présence ne mérite pas plus de réaction.

« Bonsoir Joseph », dit-elle simplement, lointaine, comme sous hypnose. Jessica me regarde avec la même absence d'expression, ses cheveux à la raideur de bâtons encadrant son visage d'une pâleur de linge.

« Bonsoir Joseph. » récite-t-elle à son tour.

Je ne sais pas quoi dire. Je ne sais même pas ce que je fais là. J'ai une attitude nerveuse qui contraste avec tout ce que je vois ici. Tout le monde est calme. Un soupçon de méfiance plisse les yeux de Coraline.

« Tu as l'intention d'être un mauvais élément ? demande-t-elle.
- Non », je réponds, sonné par la question à retardement.

Putain mais qu'est-ce que je fous ici ! Coraline a un petit hochement de tête satisfait.

« Tu en es sûr ?
- Je te le jure.
- J'espère bien, dit-elle froidement. Parce que si ce n'est pas le cas, je devrais te dénoncer.
- Non, non, ce ne sera pas nécessaire, je t'assure ... Bon ... Je vous laisse, on se voit plus tard. »

Je m'empresse de tourner les talons et reprends mon souffle. Une main glacée s'empare de la mienne. Suzy me secoue doucement par le bras, pleine de vie et d'éclat.

« Je veux partir dit-elle.
- Moi aussi, mais tiens bon s'il te plaît.
- Je peux pas c'est trop bizarre.
- Fais comme si de rien n'était et ne te fais pas remarquer. Dans quelques heures tu seras bien au chaud dans ton lit. Jordan t'a promis qu'il ferait du chocolat chaud.

- Je ne suis pas une gosse ! Je veux partir. Regarde à droite. Je ne peux pas supporter qu'on me regarde comme ça. Dis moi qu'ils ont arrêté de me regarder. »

Je tourne la tête et mon sang se fige. Un groupe de cinq personnes, hommes et femmes d'une cinquantaine d'années vêtus sur leur trente-et-un. Cinq personnes en pause, immobiles, qui observent Suzy sans cligner des yeux. Des yeux prêts à sortir de leurs orbites. Cinq regards insoutenables. *On dirait des espions.*

Mon portable vibre dans ma poche. Un texto de Jordan me demande de le retrouver devant les toilettes pour hommes du premier étage. Je range mon téléphone est prends Suzy par les épaules.

« Suzy, je t'en prie. Tiens bon.
- Où tu vas ?
- Retrouver Jordan en haut. Je reviens.
- Ne me laisse pas s'il te plaît.
- Je ne t'abandonnerai jamais, je te promets. Jamais tu m'entends ?
- D'accord, acquiesce-t-elle douloureusement. »

Je pose un baiser discret sur son front et pars vers les escaliers.

*

La montée des marches est interminable jusqu'au premier étage. J'arrive à un large couloir circulaire bordé de hautes fenêtres. Une moquette rouge étouffe les sons de mes pas. Jordan m'attend devant une double porte de bois battante.

« C'est quoi ?
- Les toilettes. Je t'attendais.
- Pourquoi ?
- Je voulais pas y aller tout seul. Ça craint.
- Jordan, t'es un grand garçon quand même.
- Pas vraiment. Pas ici.
- D'accord je t'accompagne. »

La pièce carrelée est large et claire. Quelques hommes circulent sans se bousculer dans sa propreté clinique, allant des urinoirs aux lavabos comme guidés par un marionnettiste. Jordan avance vers un urinoir, l'air à peine plus confiant. Je décide d'aller pisser dans celui d'à côté. Il n'est pas tranquille.

« Qu'est-ce qu'il y a Jordan ? je murmure.
- Je sais pas, c'est les gens. J'ai l'impression d'être un imposteur.
- Mais tu es un imposteur. Et moi aussi.
- C'est pas une raison. Je te dis. Ici on est pas normals.
- Normaux.
- C'est pas le moment de jouer les polytechniciens. Je te dis que je flippe. »

Je me dépêche de me laver les mains. Jordan prend tout son temps.

« Je t'attends dans le couloir. »

Je veux sortir d'ici. Je me sens étouffer. Je pensais que c'était dans les toilettes mais ça me suit dans le couloir. Ça ne me suit pas vraiment car c'est partout autour de moi. Je déglutis mais ma gorge est sèche. Je n'entends plus rien que ce bruit l'électricité alors que les gens vont et viennent sans y prêter attention. Il est de plus en plus sourd, de plus en plus fort. L'air s'épaissit autour de moi, se charge, menaçant. Je tire un pan de rideau. Le tissu est lourd. Je l'écarte d'un geste brusque et lève les yeux vers le ciel noir.

Le vortex est là. Il tourne dans le ciel devant moi, chargé d'ondes mortelles. Je ne vois plus la lune. Je vois ... Je vois *l'oeil*. L'oeil est là. Il est bas et spectral. Il a grossi, terrible, s'est enflé. Il m'observe depuis le ciel. Impossible de savoir à quelle distance il se trouve, quel espace nous sépare, mais c'est bien moi qu'il observe. C'est pour moi que le vortex tourne. Il se rapproche, il descend de l'univers, il va m'avaler, il ...

Une sonnerie stridente retentit dans le château, comme une fin de récréation au collège. Je sursaute.

« Joseph ?
- Quoi ? »

Je tourne vers Jordan mon visage hystérique de peur. Ma main crispée sur le rideau a relâché le tissu qui recouvre de son pan le grand carreau.

« Viens voir » dit-il en me guidant par le revers de ma manche.

Je laisse Jordan me trainer sans résistance bien que je ne souhaite aller nulle part. Il soulève un rideau donnant sur une loge qui plonge sur une salle aux airs d'opéra. Il y a en bas plusieurs milliers de sièges de velours. Tout est pompeux, doré, orné, spectaculaire. Des fresques monumentales ornent la voûte de la salle. D'autres loges courent en hauteur, sur un seul étage. Quelques hommes s'y sont installés et discutent entre eux. Ils ont l'air de discuter normalement, avec un peu d'animation, comme des gens normaux, si bien que cette fois-ci ma salive passe lorsque je tente de déglutir. Nous sommes seuls dans la nôtre.

« Regarde en bas », dit Jordan.

En contrebas, les invités commencent à investir la salle telle une armée de fourmis.

« Tu vois Suzy ? je demande.
- Je ne l'ai pas encore localisée. »

Je me penche sur le garde-fou et fouille du regard l'assemblée en mouvement. Il n'y a pas de siège attitré, personne ne cherche de numéros de rang ou de dossiers. Les gens entrent et s'installent partout dans le calme et une nuée de chuchotements.

« Alors ?
- Elle est là au milieu, entre la droite et la gauche, presque au centre », dit Jordan.

Coincée dans une file, Suzy suit le mouvement. C'est en bas la seule personne à montrer des signes d'anxiété, agitée de gestes nerveux, tournant ses yeux inquiets de tous les côtés afin de nous retrouver. Elle nous cherche avidement. Comme si elle avait véritablement besoin de nous. Elle n'imagine pas à quel point elle est forte. Elle n'en a aucune conscience, d'être un tank fragile qui se régénère tout seul. Elle n'a besoin de personne, en réalité. Elle a juste besoin des autres pour mourir. Celui qui a besoin d'elle, c'est moi.

Suzy avance malgré elle sur une rangée de sièges où elle finit par s'arrêter et s'assoir pour imiter le reste de la file. Une fois assise, elle nous cherche encore. J'agite les bras depuis le balcon par intermittence, quand je la vois tourner la tête de notre côté.

« C'est pas vrai ! Elle regarde partout sauf ici !
- Arrête de faire des mouvements, s'énerve Jordan. Je viens de lui envoyer un texto pour lui dire de regarder en haut à gauche et non au centre. C'est quand même un peu plus intelligent. »

C'est vrai. Elle nous voit enfin.

Tout va bien, j'articule en silence, sans voix. On est là.

Elle acquiesce en fronçant les sourcils.

*

La salle est pleine. Il ne reste pas un siège vacant. L'éclairage baisse sensiblement. Puis s'installe un silence de cathédrale. Tout le monde attend.

Les loges, en revanche, sont clairsemées. Personne n'a rejoint celle que nous occupons, Jordan et moi. Et dans ces loges, au dessus de la mêlée des salariés ordinaires, je reconnais quelques visages pour les avoir vus sur des documents internes et autres organigrammes. Ce sont des managers du Groupe Bellanger. Je reconnais le supérieur direct de Coraline chez Cynq, et un ou deux chefs de départements croisés au sein de la maison mère. Si je n'avais pas été remercié de chez Voyd suite au suicide de Daniel, je me serais trouvé ici-même avec lui, dans notre loge de petits chefs. Très étrangement, je suis ici à ma juste place, mais en tant qu'imposteur. Comme un fantôme viendrait s'assoir à table aux côtés de sa famille sans qu'elle ne le sache ni ne le voit.

Les rideaux s'ouvrent sur la scène. Le tissu lourd soulève de la poussière dans ses plis.

Raphaël Bellanger est la première personne à apparaître au public, assis sur un drôle de fauteuil semblable à un trône. Jeff se tient debout à côté du lui, une main posée sur le dossier du siège. De part et d'autre du Président et son bouffon sont assis les directeurs des filiales françaises dont Gontrand Hocq fait partie. Ils sont assis sur de plus petits fauteuils. Et tous sourient à la foule d'où retentit un applaudissement. Les mains frappent en rythme lent, comme d'un même claquement unanime et accordé qui me donne un ample frisson. Le claquement collectif cesse d'un coup lorsque Raphaël Bellanger se lève de son trône. A nouveau le silence.

« Chers collaborateurs, chères collaboratrices, commence-t-il. Je suis très heureux que vous ayez tous répondu présents à cette invitation ce soir. Certains d'entre vous sont venus de loin, et malgré les grèves. »

Sa voix est calme et posée, son visage serein, son air satisfait.

« Cela en dit long sur votre dévouement au groupe Bellanger. »

Il fait quelque pas, et commence à parler plus fort.

« C'est justement pour ce dévouement, que je tenais à vous inviter à fêter cette nouvelle année tous ensemble dans ce merveilleux décor. Parce que vous le méritez. Cette soirée, c'est votre récompense, une manière pour moi de vous remercier sincèrement et avec bienveillance pour vos bons et loyaux services. Car en effet, un dirigeant ne serait rien sans ses troupes, et je suis pleinement satisfait par la qualité de mes propres troupes. Toutes celles et ceux d'entre vous, quelque soit la filiale dans la quelle vous travaillez, vous reconnaissez les uns et les autres comme membres d'une grande et belle famille. Une famille solide, saine et unie. Je ne peux que m'émerveiller d'une telle synergie. Et aujourd'hui, je peux l'affirmer, j'estime mes équipes irremplaçables. Alors, encore une fois, chers collègues, un grand merci. »

Il cesse de marcher en rond et marque une pause, parodie un léger essoufflement sensé être dû à l'émotion. Trop d'amour, sans doute. D'un seul coup comme ça, ça peut faire peur. Je me retiens de rire. Mais les auditeurs, eux, sont très sérieux. Raphaël Bellanger passe une main sur ses cheveux gris bleu avant de tendre le bras vers Jeff et son éternel sourire figé.

« Cette soirée, c'est aussi l'occasion de remercier Jeff, que vous connaissez tous. »

Jeff adresse un petit hochement de tête au public, comme une révérence.

« Pendant un an, Jeff a fait le tour de nos filiales. Il est venu à la rencontre de nos salariés, en France mais aussi hors de l'Hexagone, afin d'y dispenser son savoir-faire, veiller à leur bien-être au travail, et renforcer les connivences entre eux. Il a fait un travail remarquable. Sa mission chez Bellanger qui fut un vrai succès est aujourd'hui terminée. Il est temps pour lui de nous quitter, et de continuer à parcourir les continents, renforcer ainsi les liens d'autres équipes, dans d'autres entreprises. Alors, Jeff, en mon nom, et en celui de chaque personne que vous avez aidé ici, recevez nos chaleureux remerciements. »

Les applaudissements automatiques sont relancés, identiques aux précédents, comme pré-enregistrés, prêts à retentir sur commande.

Jeff s'avance sur la scène tandis que le Président retourne s'assoir. Puis Monsieur Bonne Humeur en col roulé écarte grand les bras et les applaudissements robotiques s'arrêtent net.

« Chers frères, chères soeurs, dit-il. Je me trouve devant vous pour la dernière fois. Je vous invite à réciter vos mantras tous ensemble, toutes filiales réunies. »

La salle se lève et des voix entonnent quelque chose d'indéfinissable à l'unisson. Jordan se penche vers moi.

« Qu'est-ce qu'il raconte ? Il s'est cru à la messe ?
- J'en sais foutrement rien.

- Qu'est-ce que c'est que ce délire, Joseph ? Parce que j'ai déjà aperçu des choses bizarres dans ma vie et à la télé, mais là ...
- Jordan ... j'en sais rien. »

Jordan devient livide. Un brouhaha collectif s'élève dans la salle et depuis les loges. Le dôme résonne de borgborismes syllabiques venus d'un autre monde. Des fragments monocordes d'une assemblée dont l'esprit s'évapore au-delà du réel, les yeux fermés, avec ce qu'un automate peut émettre de ferveur et de foi. Jeff guide les sons comme un chef d'orchestre. Autour de lui, le Président et ses sous-fifres s'adressent des hochements de tête entendus. Eux ne prononcent rien d'étrange, se contentant de couver la salle de regards ravis, presque paternels.

En bas, Suzy a plaqué ses mains sur ses oreilles, à la torture, tâchant de se couper des sons. Elle rêvait de ça. C'étaient ces voix démoniaques qu'elle entendait en rêve et parfois le jour. Du maquillage coule abondamment sur ses joues. Elle l'essuie d'une main qu'elle remet aussitôt sur ses oreilles. Jordan est saisi de tremblements incontrôlables.

« Joseph, dis moi ce qu'il se passe, supplie-t-il.
- Je ne sais pas vraiment.
- J'ai peur ...
- Calme toi s'il te plaît. Calme toi. »

Les mugissement s'arrêtent. Jeff hoche la tête.

« Parfait. Parfait ... A présent, je vais vous demander de vous connecter. »

Sans qu'il ne lui faille un mot de plus, les gens d'en bas se prennent les mains, formant une immense chaîne humaine à tous les rangs. Sans se concerter, les salariés se trouvant en bout de rangées saisissent la main de leur voisin de derrière ou de devant sans aucun couac ni la moindre hésitation, comme des aimants, la chose la plus naturelle du monde. Suzy a pris les mains de ses voisins immédiats. La voix de Jeff tonne, très fort, plus fort que je ne l'ai jamais entendu s'exprimer.

« N'oubliez jamais que vous ne faites qu'un ! Vous êtes plus qu'une famille. Rien ni personne ne saura défaire ces liens ! »

Suzy tremble autant que Jordan. Elle contient une crise d'angoisse démentielle. Brusquement, elle lâche les deux mains qu'elle tenait pour s'emparer de son téléphone.

« C'est une secte, murmure Jordan, effrayé. Joseph, c'est une secte. Une secte épouvantable. »

Il s'agrippe à mon bras. Je m'en défais sans le brusquer pour prendre mon téléphone qui vient de vibrer au message de Suzy écrit dans la panique.

Venez me chercher !!!

Elle lève la tête, les yeux suppliants. Je lui adresse un signe d'apaisement nullement convainquant.

« STOP ! »

Jeff a levé un bras. Je sens mes jambes se dérober sous moi. Il a dû me voir. Mais il a les yeux fermés, comme pour se concentrer sur un problème insoluble. La salle se tient toujours par la main, dans l'attente, les yeux clignant vers la scène, à l'écoute.

« J'ai senti une mauvaise énergie circuler », annonce Jeff.

Aussitôt s'élèvent quelques hoquets outrés dans l'assemblée.

« Je demande à ce que le mauvais élément qui casse les maillons de la chaîne soit désigné. »

Mauvais élément. C'était la question de Coraline. *Tu as l'intention d'être un mauvais élément ?* Putain mais qu'est-ce que ça veut dire ?

Les deux femmes entre lesquelles Suzy se tient debout montrent leur voisine du doigt.

« Merde », dis-je en choeur avec Jordan.

Très rapidement, de nombreux maillons de la chaîne lâchent les mains de leurs voisins pour désigner Suzy. Bientôt, tous les doigts du public se pointent sur elle. Et si la terreur avait forme humaine, elle aurait pour les millénaires passés et à venir le visage de Suzy de Vandenesse. Sa poitrine se soulève à un rythme insoutenable, le sang a quitté ses joues. Jeff regarde Suzy de ses yeux perçants.

« Vous pouvez être fiers de votre esprit d'équipe, mes amis. Je vous remercie d'avoir su dénoncer la personne qui brise cet esprit. Vous pouvez en disposer. »

Jordan se penche vers moi.

« Qu'est-qu'il vient de dire là !?
- Je crois que ... »

Ça ressemble à *vous pouvez disposer* mais ce n'était pas tout à fait ça. Oui, il a dû dire à Suzy qu'elle *pouvait disposer* si c'était pour plomber l'ambiance. C'est logique. Plus logique que de dire à la salle entière qu'*elle peut disposer* alors que la séance n'a pas l'air terminée. C'est plus logique que ... *OH NON ! NON ! NON !*

En disposer. Vous pouvez EN disposez. C'était le mot dont je ne voulais pas tenir compte. Je vois les mains des voisins de Suzy s'approcher de son visage et ... Je m'éjecte de mon siège.

« Jordan vient on descend la chercher, vite ».

Mais Jordan reste pétrifié.

Les mains qui se sont approchées de Suzy empoignent ses cheveux. Suzy hurle. Le Président sur son trône et ses comparses semblent légèrement dépités, mais toutefois intéressés. Suzy se débat reçoit une gifle, puis une autre. La foule fait une vague vers elle de sang froid, bras en avant. Des mains lui arrachent ses vêtements. Une poignée entière de cheveux blonds est arrachée de son crâne avec le bandeau. Un index se précipite sur un de ses yeux exorbités et lui plonge dedans dans un giclement visqueux. Je veux hurler à mon tour mais je vomis par-dessus la rambarde. Jordan est accroché à mon bras, dévoré par l'indicible qui se déroule en bas. Les mains continuent à s'approcher, repartant tâchées de sang. Le craquement de l'os de son bras droit que l'on vient de briser. Un poing qui s'enfonce dans sa bouche. Un bras qui s'y engouffre, méthodique. L'unique oeil de Suzy me fixe avant de s'éteindre totalement lorsque la main ressort de sa bouche avec un amas d'organes poisseux de sang. Et Suzy tombe, inerte sur la moquette. Autour d'elle, l'air légèrement déçus, les convives regagnent leurs places dans le calme.

Je suis paralysé. Jordan est paralysé. Nous sommes retombés sur nos sièges comme des amas de chairs mortes. Plus rien ne sera jamais comme avant. Rien dans une vie ne saura effacer ce qu'il vient de se passer. Chaque jour de ma vie Suzy mourra sous nos yeux éviscérée vivante sous le regard bienveillant de sa direction. Je ne peux pas croire ce que j'ai vu mais je sais que je l'ai vu. Mon cerveau n'arrive pas à faire la connexion de tant d'horreur avec la réalité. Jordan a la morve au nez et bave en sanglots silencieux. Le cadavre du Suzy git entre deux rangées dans l'indifférence générale.

« Bien, dit Jeff. Vous avez bien fait. A présent, je voudrais savoir si l'un ou l'une d'entre vous fait semblant. »

Je crois que ma vie vient de quitter mon corps. La panique me fait voir Jeff en double. *Tu as l'intention d'être un mauvais élément ?*

Je me tiens prêt. Je dois me tenir prêt à être pointé du doigt. Je ne dois pas bouger. Pas d'un cil, me fondre au décor. J'ai un coup d'avance, là-haut. Si je suis dénoncé, je n'aurais qu'à courir hors de la loge et sauter par la fenêtre du couloir circulaire. Si je suis dénoncé je ... Un soulagement terrible de lâcheté me décrispe les mains alors que la foule désigne un type assis au second rang. Un trentenaire robuste aux cheveux plaqués à l'arrière. D'un bond, il se précipite dans l'allée latérale vers la sortie.

L'homme est calmement rattrapé par une dizaine de spectateurs. Il se débat tandis qu'il est trainé de tout son poids aux pieds de l'estrade. Aux pieds de Jeff qui se penche légèrement pour l'observer.

« Pardon ! beugle le salarié. Pardon pardon pardon !!! Je ne recommencerai plus. Je serai un bon élément ! Je vous jure que je suis comme vous ! On est tous connectés, je suis connecté avec mes collègues. Laissez moi en vie, je suis corporate !!! »

Jeff pose un doigt sur ses lèvres. Le pauvre gars se tait et se contente de suffoquer, essoufflé, une lueur d'espoir dans ses yeux implorants.

« Cher collaborateur, fait Jeff. Une équipe est une équipe. C'est à vos pairs de décider si vous en faites pleinement partie ou non. Mes bien chers collègues, c'est à vous de juger si ce collègue dit vrai ou non. J'attends votre verdict. »

Il ne se fait pas attendre.

« Coupable » scande la foule, sans passion, sans élever la voix.

Jeff hausse les épaules.

« Désolé mon vieux, dit-il en baissant la tête.
- Non je vous en supplie !!! Non !!!! »

L'assemblée avance sur lui.

Quelques instants plus tard, l'homme est en charpie.

*

Les spectateurs regagnent leurs places dans le calme comme après un entracte. Sur scène, les dirigeants sont paisiblement assis. D'où ils sont, il ne peuvent voir le cadavre au pied de l'estrade. Mais ils savent tous qu'il est là. J'entends une forte respiration très forte près de moi. Ce n'est pas Jordan, qui semble avoir cessé de respirer. C'est très près, ça vient de la loge d'à côté. Je me penche discrètement. Il y a là un mec de mon âge. Je crois l'avoir déjà vu, il me semble que c'est un manager de chez Cynq, l'un des chefs de Coraline. Si j'ai eu du mal à le reconnaitre, ce n'est pas simplement parce que je ne l'avais croisé qu'une fois ou deux à la Défense, c'est parce que je ne l'avais jamais vu le visage déformé par une terreur absolue.

En bas, Jeff fait quelques pas sur scène, puis relève la tête.

« Y a-t-il encore d'autres récalcitrants parmi vous ? Des gens qui prétendent. Des personnes atteintes de névroses qui les empêcheraient d'être de bons éléments ? »

Le mec d'à côté transpire à grosses gouttes. Il s'essuie le visage avec des gestes maladroits, saccadés. S'il se levait il serait incapable de marcher. Il sait que cela va être son tour. Il sera dénoncé dans quelques secondes.

« Alors ? demande Jeff. Y-a-t-il encore des imposteurs parmi nous ? »

Notre voisin de loge se lève d'un bond. Il plonge par-dessus la rambarde. Il atterrit disloqué dans l'allée latérale, suscitant une vague de regards vides. Regards qui se lèvent ensuite vers la loge d'où le pauvre gars à sauté. Et enfin, sur la loge d'à côté. La notre.

Tous les regards.

J'entends Jordan gémir. Il faut qu'on sorte de là. Maintenant ou jamais.

« Jordan, écoute-moi, on ... »

Quatre mains s'abattent sur les épaules de mon ami et le trainent en arrière. J'ai à peine le temps de m'en rendre compte que je tombe à la renverse et suis traîné sur la moquette par des gens que je ne connais pas. Je tire sur mes bras, je me démène. Jordan agite les bras et les jambes, hystérique.

CHAPITRE 33

Nous sommes tirés dans les escaliers, Jordan hurle à l'impact de chaque marche sur son dos. Je vois défiler les fresques des plafonds, je me concentre pour ne pas devenir fou. Si je suis condamné je veux rester digne.

Le sol change bientôt d'aspect. De la moquette, nous passons au parquet. Et les mains qui nous tiraient nous relèvent. Nous sommes debout. Sur la scène. Les personnes qui nous ont trainés quittent l'estrade et s'en vont.

« Vous ... dit Gontrand Hocq en me considérant, presque amusé.
- Bonjour Joseph », me dit Jeff en souriant.

Tous les dirigeants me dévisagent. Je sens les yeux du public dans mon dos. Je me tourne de trois quart pour m'adresser à tout le monde d'une voix rauque, éraillée.

« Vous faites une grave erreur. Je ne suis plus salarié chez Bellanger depuis deux mois. J'ai été licencié de chez Voyd suite au suicide de mon collègue et ami Daniel Leverrin, dont on m'a injustement attribué la responsabilité. Je ne suis pas votre collègue, je ne fais pas partie de votre grande famille. »

Je désigne Jordan.

« Mon ami ici présent non plus. Vous ne trouverez aucune trace de lui dans le personnel du groupe. Si nous nous sommes introduits ici ce soir, c'était pour soutenir une amie, Suzy de

Vandenesse, qui avait peur de venir. Elle avait raison d'avoir peur. Il s'agit, pour ceux qui ne la connaissaient pas, de la jeune femme qui a été exécutée tout à l'heure. Elle n'a plus besoin de notre soutien maintenant. Et nous allons partir. »

Un lourd silence s'installe. C'est Jeff qui reprend la parole.

« Vous n'avez pas été licencié à cause du suicide de votre collègue. Vous avez été renvoyé par ce que vous ne pouviez pas être un bon élément. Vous refusiez de vous connecter avec les autres. Vous avez résisté. »

J'entends des murmures indignés. Si je me laissais aller, je me pisserais dessus. Jeff se tourne vers le public.

« Mes très chers collègues, je vais vous demander de réciter un mantra pour cet homme. »

La salle s'exécute. Le public commence à spasmoldier sa litanie monstrueuse comme un seul être humain, une seule créature vidée de son âme. *Loooooghr ... Kaaaaa ... Oulll... Gma ... Chrrraaa ... Maaaaaa ...* Et recommence. Et recommence. *Loooooghr ... Kaaaaa ... Oulll... Gma ...* Certains ont une écume aux lèvres ... *Oulll...* Je vois des gens baver. D'autres aux yeux exorbités.

« Tu crois qu'on va pouvoir sortir ? » demande Jordan dans mon oreille.

Loooooghr ... Kaaaaa ... Oulll... Je n'ose pas lui dire ... *Gma ... Chrrraaa ...* Qu'il n'y a à présent rien de moins sûr ... *Kaaaaa ... Oulll ...*

« On va mourir, Jordan. »

Chrrraaa ... Maaaaaa ...
« NON !!! » hurle Jordan.

Il se précipite vers Jeff pour le frapper. Il est stoppé dans sa course à quelques centimètre du Happiness Manager qui n'a montré aucun signe de surprise ni d'inquiétude. Sans que Jeff n'ait opéré le moindre mouvement, Jordan a été projeté en arrière, électrocuté. Jordan se détourne de Jeff et s'en éloigne comme un pantin désarticulé, tous les cheveux dressés sur la tête. Il se rapproche dangereusement du bord de la scène, l'air d'une marionnette en marche, les yeux exorbités. Une marche militaire hasardeuse qui brusquement cesse net dans un grésillement d'électricité. Jordan meurt debout. Et son corps s'écroule sur le côté, les yeux grands ouverts tournés vers le public.

C'est moi qui suis foudroyé, aussi fou de douleur que je ne pensais jamais l'être. Suzy et Jordan sont morts. Et la foule réclame la mienne.

« A mort Joseph », scandent-il, presque gentiment.

Je ferme les yeux, je vais bientôt être livré à la foule qui va abréger ma douleur en m'en infligeant une fin atroce. Après ce sera la fin. Tout va s'éteindre.

Un son brouille mon ordonnance de mise à mort. Quelque chose de sourd, mais qui s'amplifie. Un son qui gonfle par dessus les voix. Un son d'électricité. Le vortex se forme sur la voûte du plafond, caressant les fresques. Un tourbillon lent et bleu, lourd et chargé. Un bruit d'ondes qui devient assourdissant. Quelque chose apparaît au milieu et se met à grossir. L'oeil se forme de fibres qui s'entrelacent. L'oeil immense braqué sur moi.

Raphaël Bellanger a cessé de rire. Il semble sidéré, scotché à son trône. A côté, les directeurs sont pétrifiés. Et Jeff lève vers moi des yeux pleins de crainte. Pour eux, quelque chose à présent relève de l'imprévu. Ils savent ce qu'est cet oeil qui n'aurait jamais dû être invoqué. Ils savent ce qu'est ce vortex que j'ai moi-même provoqué.

« A mort Joseph », continuent à réclamer les salariés, un ton plus fort.

Je me tourne vers le public. Soudain je n'ai plus peur. Je voudrais qu'ils crèvent tous, ces barbares, qu'ils ...

Un rayon, presque imperceptible, descend du vortex vers les rangées de siège vers une femme assise là à réclamer ma mort dont la tête jaillit d'un coup du reste de son corps. Un second éclair décapite son voisin, fait sauter sa tête comme celle d'un jouet. Je fixe l'oeil et hurle malgré moi. Les éclairs se poursuivent, tombent par dizaines à la fois, opérant un massacre par ma pensée. Les têtes sautent par rangs entiers, laissant des fontaines se sang gicler dans la salle. Des odeurs de chairs brulées et de sang. Je suis tétanisé, en transe, tandis que je pilote le vortex, ordonnant, les mises à morts de ceux qui voulaient me tuer.

Des larmes inondent mon visage, cheminent jusqu'à mon cou, je me sens aussi puissant que misérable.

Et doucement, le vortex diminue d'intensité, faiblit peu à peu. La puissance qui me galvanise me quitte, l'oeil s'efface doucement. Le vortex meurt dans un dernier grésillement.

Dans le public, il ne reste que quelques salariés vivants qui regardent sereinement vers la scène, sagement assis entre les cadavres. Je sursaute lorsque qu'une pluie de confettis tombe du plafond et choit joyeusement sur la moquette imbibée de sang.

Il est minuit. La nouvelle année a sonné.

*

Je contemple mon oeuvre sans plus pouvoir bouger. Irradié de stupeur et d'incrédulité. Je vais me réveiller. Oui, je vais me réveiller. Dernière moi, les patrons, épargnés, semblent sidérés, eux aussi. Raphaël Bellanger s'est même levé de son siège pour s'approcher du bord de la scène. Les dirigeants me regardent avec un air de crainte, quelque chose qui ressemble à du respect.

Vidé, j'avance vers le trône du Président et me laisse tomber dessus. De là je fixe l'étendue de mon massacre d'un oeil amorphe. Mon regard s'arrête sur Jeff qui se tient au milieu de la scène. Il m'adresse un léger signe de tête, les yeux souriants. Puis ils se retourne, descend de l'estrade et marche vers la sortie en enjambant les morts entassés dans l'allée centrale.

Une main se pose sur mon épaule. Raphaël Bellanger me couve d'un oeil bienveillant, presque paternel.

« Ne vous inquiétez pas, Joseph, dit-il. Ce ne sont jamais que des gens ordinaires, de futurs retraités ravis de leur sort que Jeff a légèrement améliorés. Ils sont tout à fait remplaçables part d'autres. Vous en revanche, il n'en va pas de même. Nous allons avoir besoin de vous et de vos pouvoirs. Parce que vous, Joseph Lepage, vous êtes irremplaçable. »

-FIN-

REMERCIEMENTS

Merci à mon mari, ma grande famille et mes amis fidèles.

Merci enfin à vous, chers lecteurs, pour votre fidélité.

Aimablement,

Charline Quarré

DU MÊME AUTEUR

ROMANS

A Contre-Jour, 2011
Pas ce Soir, 2012 (Nommé au Prix Littéraire François Sagan 2013)

RECUEILS DE NOUVELLES D'EPOUVANTE

Train Fantôme, 2015
Ecarlates, 2016
Made In Hell, 2017
Série B, 2018

ROMANS D'EPOUVANTE

Fille à Papa, 2019
Influx, 2020
Soap, 2021

Site web de l'auteur : www.charlinequarre.com